»Es ist Samstag, der härteste Tag in der Woche. Samstags kommen oft Unangemeldete; Leute, die das lange Wochenende fürchten ...« Annalena hat nach dem Studium eine Marktlücke entdeckt: In ihrer durchgestylten Wohnung mit weißen Kachelböden und Marmorbad macht sie als Freizeitberaterin Programm für Anspruchsvolle. Die Arbeit zehrt, und Annalena vermißt ihren Fritz, der als Free Jazzer auf Tournee ist – angeblich, denn die anderen Mitglieder des Quartetts sind merkwürdigerweise noch in der Stadt ... »Ein leichter, leicht ironischer und leicht melancholischer Frauenblick aufs Hier und Heute und auf die Chance, darin zu zweit glücklich zu werden.« (Brigitte)

Uta-Maria Heim, 1963 in Schramberg geboren, studierte Literaturwissenschaft, Linguistik und Soziologie. Mit 21 veröffentlichte sie den ersten Gedichtband. Uta-Maria Heim hat neben Kurzprosa und Lyrik auch mehrere, sehr erfolgreiche Thriller veröffentlicht und wurde 1992 mit dem Deutschen Krimi-Preis ausgezeichnet.

Uta-Maria Heim

Die Widersacherin

Roman

Deutscher Taschenbuch Verlag

Ungekürzte Ausgabe
März 1997
Deutscher Taschenbuch Verlag GmbH & Co. KG,
München

ISBN 3-312-00190-0
Umschlagkonzept: Balk & Brumshagen
Umschlagfoto: © Krentz Photography
Gedruckt auf säurefreiem, chlorfei gebleichtem Papier
Gesamtherstellung: C. H. Beck'sche Buchdruckerei,
Nördlingen
Printed in Germany · ISBN 3-423-12318-4

Sieh dich nicht um.
Schnür deinen Schuh.
Jag die Hunde zurück.
Wirf die Fische ins Meer.
Lösch die Lupinen!

Es kommen härtere Tage.

Ingeborg Bachmann,
Die gestundete Zeit

ICH KÄMPFE GEGEN DEN STROM der Passanten und warte auf einen Erstickungsanfall. Er kommt nicht. Mein Atem geht regelmäßig und tief. Vor meinem Mund bilden sich, wenn ich hauche, graue Wölkchen. Sie passen zum Himmel. So nähere ich mich dem Hauptbahnhof. Im Gewühl der Masse bin ich die einzige Dampflok. Ich drehe mich um. Der Schnauzbärtige, der hinter mir geht, könnte mein erster Waggon sein. Schon überholt er mich und rempelt mich links an der Schulter. – He! Er dreht sich um, aber er spuckt nicht. Er spuckt mir nicht ins Gesicht. Aus meiner Nase läuft Schleim. Ich stelle die Plastiktüten ab und wühle in meinem Mantel. Eine Dose Katzenfutter wurgelt aufs Pflaster. Die Menschen machen einen Bogen um mich; sie haben mein Mißgeschick bemerkt. Niemand will mit einer, die mit dem Einkauf nicht zurechtkommt, identifiziert sein.

Aus dem Lautsprecher eines Kaufhauses tönt *Vom Himmel hoch, da komm ich her*. Mitten in der Musik ist eine Hotdog-Bude aufgebaut. Daneben stehen zwei Frauen, die in verschiedenen Sprachen den *Wachturm* anpreisen. Während ich mir die Nase putze, überlege ich mir, ob die Frauen mit diesem Lied einverstanden sind oder nicht. Mein Blick fällt auf einen Mann, der schräg hinter ihnen sitzt. Er lehnt seinen Rücken ans Schaufenster, in dem Plüschtiere ausgestellt sind. Ein kleinkindgroßer Affe lehnt sich über seine Schulter und kichert. Der Affe sieht aus, als fiele er gleich dem Mann in den Schoß. Ein Hosenbein hat der Mann weit hinaufgekrempelt. Was darunter sichtbar wird, ist vielleicht ein Raucherbein; jedenfalls ist es blau und steckendünn. Vor diesem Bein steht ein Tupperschälchen, aus dem der Schaufensteraffe gleich seine Mahlzeit nimmt. Von was ernähren sich Spielzeugaffen? Natürlich, in dem Schälchen sind Nüsse.

Ich lese das Dosenfutter auf und stopfe es zurück in die Tüte. Wenn ich nicht aufpasse, dann reißt bald der Henkel. Gern würde ich mein Lokomotiv-Spiel wieder aufnehmen, da sehe ich vor mir ein kleines Kind an der Hand seiner Mutter. Das Kind trägt die gleiche Mütze, die auch ich einmal getragen habe: hellgelb, mit einem dicken Boppel darauf. Es müssen Rumänen sein oder sehr arme Leute; niemand trägt bei uns heutzutage noch so eine Kappe. Hellgelb ist sie, weil vor der Geburt schon gestrickt, und so weiß ich nicht, ob's ein Mädele ist oder ein Büble, das da so artig an der Hand seiner Mutter tappt.

Plötzlich befällt mich der Wunsch, sofort daheim in den Keller zu laufen und die alte Boppelkapp aus dem Karton zu zerren. Aber ich weiß, sie ist nicht mehr da. Ich habe sie weggeworfen, letztes Frühjahr, als der ganze Karton mit den Kindersachen zu schimmeln anfing. – Was willst du damit, sagte Fritz, der mir das Fahrrad repariert hat, du brauchst sie nicht mehr. Das ist wahr, ich hab das Zeug doch eigentlich nur weggeworfen, weil ich dachte, in der Erinnerung, da werden die Strukturen auferstehn, da werd ich die Maschen zwischen den Fingern fühlen, zwei links eine rechts, die meine Mutter gestrickt hat. Zwei links eine rechts, und das Mottenloch in der Mitte.

Manchmal, wenn ich am Einschlafen bin, dann stelle ich mir die Schuhe vor, die Schuhe, die ich als Kind getragen habe. Rote Lackstiefel waren es, Katerstiefel, mit weißem Schafspelz als Futter. Diese Schuhe hatten eine runde Kappe und Schnürsenkel, die nur zur Zierde da waren. Innen gab es einen Reißverschluß, der klemmte, wenn der Hosenschlag, den ich hineinstopfte, zu dick war. Dann bildeten sich in den Stiefeln pralle Würste, und wenn die anderen vor der Volksschule von einem Steinblock zum andern sprangen, dann schaute ich mit dicken Waden dabei zu. Diese Katerstiefel habe ich im Unterricht oft heimlich besehen. Ganze Stunden lang fuhr mein Blick über die Furchen und Rillen, die das Streusalz in den roten Lack eingebrannt hatte, und ich spürte den Zwang, mit den Fingerspitzen über das Weiße, Schrundige zu streifen, das sich jeden Tag auf dem Schulweg noch etwas vertiefte. Zwei Mädchen in meiner Klasse hatten ähnliche Stiefel; ich verglich ihre mit meinen, wog Form gegen Form ab, Schrunde gegen Schrunde, und als der Frühling kam, war ich mit beiden Mädchen vertraut, aber nicht befreundet.

Ich hatte die Stiefel lange vergessen. Es gibt sie nicht mehr, seit Jahren nicht. Dann, plötzlich, vor ein paar Wochen, kehrten sie mit einer Überdeutlichkeit ins Gedächtnis zurück. Nun wußte ich auch, warum ich mir jeden ihrer schwarzen Striche, die sie oberhalb des Absatzes hatten, so gründlich gemerkt hatte. Später einmal, das mußte ich als Neunjährige geahnt haben, würde ich diese Erinnerung brauchen.

Das Kleinkind mit der Boppelkapp ist meine Lokomotive. Ich lasse mich von ihm zum Hauptbahnhof ziehen, hinunter in die Unterführung und zur Straßenbahn. Dort zerren die Eltern oder die Großeltern (sie sehen alt und verspannt aus) das Kind zu einem Fahrkartenautomaten. Der Mann hebt es hoch: In der Luft hängend und strampelnd darf das Kind die Fahrkarte aus dem Schlitz nehmen. Das Kind lacht. Der Mann lacht auch. Sein Mund ist voller Silber. Ich gehe eng an ihm vorbei und werde gleich in seinem Silbermaul verschwinden. Das Kind wirft mir einen Blick zu, der ernst ist und wissend. Unter der Boppelkapp hat das Kleine auf einmal ein Greisengesicht. In seinen Öhrchen stecken Goldringe mit Steinchen, wie sie die kleinen Mädchen aus katholischen Gegenden in Osteuropa haben. Oder Zigeuner.

Mit der Straßenbahn fahre ich zu Fritz, der zentral wohnt. Fast so zentral wie ich, aber auf der anderen Seite der Stadt. Um seine Wohnung zu erreichen, die am Hang liegt, muß man neunundneunzig Stufen in die Höhe steigen. Im Haus sind es noch einmal vierundsechzig Stufen. Bis zum Hochbett, das direkt unterm Dach ist, weitere elf. Direkt neben seinem Bett verläuft die Starkstromleitung. Daneben der Blitzableiter, den sieht man bloß nicht. Fritz hat sich sein Giebelbett ausstaffiert wie eine Höhle, und sähe man aus dem winzigen Fenster nicht hinunter auf die ganze Stadt, auf die Geleise, die Lichter, die ein- und ausfahrenden Züge, dann würde man glauben, tief unter der Erde zu sein.

Im Treppenhaus riecht es nach Bohnerwachs. Eine Flasche Chianti schlägt gegen die Stiegen, die spiegelblank sind und in der Mitte kaum abgenutzt. Sie zerschellt nicht. Nach zwanzig Uhr ist die Tür unten stets abgeschlossen; deshalb muß ich vorher kommen, damit Frédéric sein Futter kriegt. Sogar hier drinnen vermengt sich Sauberkeit mit einer Ahnung von Schnee. Erst als ich die schmale Tür zum Dachboden öffne, die niemals verriegelt ist, schlägt mir der vertraute Geruch entgegen: nach dem vergangenen Sommer, nach Staub und nach Pfeife.

Frédéric hat mich schon erwartet. Maunzend streicht er um meine Beine herum, halb Kater, halb Katze, ein Zwitter. Ich werfe Mantel und Handschuhe auf den Küchentisch und greife nach dem leeren Freßnapf. Bevor ich ihn fülle, säubere ich ihn mit kaltem Wasser. Auf den eiskalten Händen fühlt es sich lau an. Im Milchschälchen hat sich ein gelber Rand gebildet, der ranzig riecht. Auch das Kistchen muß geputzt werden. Frédéric giert nach Zärtlichkeit. – Ja, sage ich, bücke mich, lange mit klammen Fingern in sein seidiges Fell, Herrchen kommt bald wieder.

Wenn Fritz, wie jetzt, auf Tournee ist, dann wachsen in seiner Wohnung die Spuren von Verlassenheit. Jeden Tag riecht die Luft etwas mehr nach Fortsein. In den schaler werdenden Pfeifengeruch mischen sich Katzenhaar und Kälte. Auf dem Flügel sammelt sich eine hellblaue Staubschicht, bis sie, vermengt mit Haaren und Asche, in die Ecken weht. Nach etwa einer Woche kann man die Flokken überall auflesen. Jetzt ist es noch nicht soweit. Jetzt ist die Wohnung noch so, daß das Fortsein eben erst angefangen hat. Auf dieser Stufe des Zurückbleibens gefalle ich mir am besten. Jeden Augenblick könnte Fritz aus seinem Hochbett kriechen und das Leiterchen herunterklettern, mit verfilztem Haar und zerfurchtem Gesicht, Notenpapier in der Hand. In seinem zerbeulten Jogging-Anzug würde er sich ans Klavier setzen, ein paar Takte anschlagen, seufzen, im Zimmer herumgehen, zum Flügel hinüber, stocken: – Ach, du bist da? Dann würde er lachen, von weither, und seine Umarmung fiele linkisch aus.

All das ist jetzt noch greifbar und morgen schon nicht. Um das endgültige Verschwinden von Fritz zu verfolgen, habe ich mir den Chianti gekauft. Das Verschwinden von Fritz ist ein Zeremoniell, das nur mir gehört. Schon tausendmal, wenn Fritz in Köln war oder in Düsseldorf, oder wenn er mit seinem Quartett quer durch Polen und durch die Schweiz fuhr, habe ich diesem allmählichen Verschwinden nachgelauscht, das immer dann total war, wenn er, zerschlagen und strahlend, zurückkam. Ich mußte mir dies Verschwinden dosieren: Fehlte Fritz nur ein paar Tage, so durfte es schneller gehen. Bei mehr als drei Wochen wurde es schwierig; dann mußte ich aufpassen, daß sich die Spuren nicht vorher verwischten. Da hieß es, nichts zu berühren. Die Kaffeetasse nicht, die mit Frühstückskrümeln am oberen Rand noch auf dem Tisch stand. Die Hausschuhe nicht, die er ins Zimmer geschleudert hatte. Ich ermahnte Frédéric, sie in Ruhe zu lassen, und machte erst Ordnung, wenn Fritz vom

Intercity aus anrief, er werde in zwei Stunden kommen.

Nie habe ich mich getraut, Fritz' Verschwinden offen zu feiern. Einmal bin ich nahe daran gewesen. Als Fritz seine Ex-Frau und sein Kind in Paris besuchte und siebzehn Tage lang nicht zurückkehrte. Daß er nichts von sich hören ließ, war normal. Das tut er auch heute meist nicht, wenn er verreist ist. Allerdings ist er fast immer pünktlich, und bei seiner Abreise hatte er von einer knappen Woche gesprochen. Fünf Tage sind es auch jetzt; das ist eine gute Zeit, eine gute Entfernung, um an das Unsichtbare zu glauben. Eine Weile lang sehe ich Frédéric beim Fressen zu. Er frißt ohne Hast, fast ein bißchen blasiert, er weiß, daß es ihm nie an etwas fehlen wird.

Es ist erst drei, aber schon fallen die ersten Schatten herein und verfärben die Küche gräulich. Überall kleben Photos, Postkarten, Notizen, Noten, Plakate von Veranstaltungen in Schichten übereinander. Eine Sekunde überlege ich, all das Zeugs herunterzureißen und der Küche einen hellen, freundlichen Anstrich zu geben. Reinweiß mit einem Schuß gelb. Dann müßte man nur noch die Schränke schrubben, Stühle wie Tür neu lackieren, und die Küche wär wieder top. Es wäre eine großartige Aktion gegen die Verlassenheit, ein Triumph über das Verschwinden. Fritz würde sich sicher freuen; er hat nichts dagegen, daß ich in seine Zimmer eingreife. Dennoch fange ich nicht damit an. Ich befürchte, daß Fritz etwas passieren könnte, wenn ich die braunen Klebstreifen löse.

Statt dessen zünde ich am Klavier die Kerzen an. Das Zimmer sieht schön aus in diesem sämigen, wächsernen Licht. In den Ecken stapelt sich Notenpapier. Frédéric wacht über dessen Kostbarkeit und macht stets einen respektvollen Bogen darum. Mit steil aufgerichtetem Schwanz beäugt er das Papier. Nun möchte ich gern spielen können. Ich möchte einen Debussy spielen. Und lege die Platte auf: *Pour les cinq doigts,* mein Lieblingsstück. Mit der Intensität des Klavierspiels steigert sich die Dunkelheit. Die Kerzen treten heller und wärmer hervor, rücken, kaum merklich so langsam, in den Mittelpunkt des Zimmers. Ich steige die Leiter hinauf ins Giebelbett, das zerwühlt ist und nach Fritz riecht. Für einen Moment gräbt sich mein Kopf in die Kissen. Dann springe ich auf und schaue kniend aus dem Fenster. Die Lichter am Hauptbahnhof verschwimmen trüb in der Dämmerung. Ein

ICE fährt ein; wie ein leuchtender Bandwurm schiebt er sich in die Halle. An ihm vorbei drängelt sich ein Eilzug nach draußen, dessen hintere Wagen noch ohne Licht sind. Die abgestandene Luft ruft, als ich die Augen schließe, sofort den Eindruck hervor, in einem dieser Wagen zu sitzen. Ich spüre das Rucken der Räder. Aber es ist nur Frédéric, der, auf der Suche nach Liebe, hungrig über die Bettwäsche tappt.

Im Zimmer falle ich in den Korbstuhl und entkorke die Flasche. Die Kerzen sind halb herabgebrannt. Die Plattennadel kratzt am Anschlag. Der Korken macht plopp! Die Stille, in die das alles fällt, übertönt den entfernten Verkehrslärm. Unten schlägt eine Tür: Bei den Nachbarn ist Feierabend. Ich setze den Tonarm zurück auf den Anfang und drehe Debussy etwas lauter. Frédéric streift um meine Beine und springt in den Korbstuhl. Ich setze mich vor ihm auf den Boden und streichle sein Fell. Nun werden wir beide warten, bis die Kerzen heruntergebrannt sind. Ich greife nach dem Glas, das auf dem runden Tischchen steht. An den Rändern ist es verklebt, von gestern noch, vom Orangensaft. Ich werde den Rest des gestrigen Tags mittrinken.

Nun ist alles bereit für das Fest des Verschwindens. Während ich mit kleinen Schlucken am Rotwein nippe, das Glas beständig an den Lippen, wird mein Puls schneller und schneller, bis mir das Blut in den Ohren klopft. In meinen Hals kriecht die Enge. Frédéric wittert die Veränderung; unter meiner Hand fängt er leis an zu zittern.

Ist's die Albernheit dieser Feier, die mich plötzlich in die Flucht treibt? Kann ich mir nicht einmal in einer fremden Wohnung einen schönen Abend machen? Die Stille genießen, die Leere. Ein Glas Wein trinken oder zwei. So finde ich mich wieder im Lärm und Gestank einer Szenekneipe, in die ich sonst nur gehe und nach Mitternacht, wenn das *Fritz Kobler Quartett* dort einen Auftritt hat. Das kommt nicht oft vor, ein- oder zweimal im Jahr; ich lieb diese Bierhallen nicht, mit den Designs an den Rustikalwänden und den Bistrostühlen aus den achtziger Jahren, als diese Art von Kleinstadtschick noch höchste Avantgarde war. Ich stelle mich an den Tresen und verlange ein Bier. Damit werde ich endgültig eine von ihnen. Ich werde mich ansprechen lassen von einem der Jungs, von einem Iraner, der mir sein Leid klagt oder von einem Maschinenbaustudenten, der über die Zwischenprüfung schwätzt. Einer wird mein Bier bezahlen, vielleicht auch meine Spaghetti, und dann werde ich nach Hause gehen, in die dreisten drei Zimmer, die so kahl und modern sind wie eine Zahnarztpraxis. Meine Wohnung gehört mir ja nicht. Ich verrichte dort Arbeit.

Kein einziger ist hier, der mir gefällt oder meine Phantasie anregt. Neben mir redet einer über Computerprogramme. Das Verschwinden von Fritz ist jetzt fast vollständig. Ich will mir vorstellen, wie er sich zwischen meine Schenkel schiebt, aber es gelingt nicht. Trotzdem spüre ich ein Kribbeln und gleichzeitig den Schmerz im Oberarm, nahe der Schulter. Der Schmerz kommt von der Halswirbelsäule oder von einem Knötchen im Handgelenk, das dort gegen den Nerv drückt. So genau weiß das keiner, sicher ist, daß ich mit dem Knötchen und dem Wirbel und dem Schmerz bis auf weiteres auskommen muß. Das Innenleben des Körpers, mit dem wir herumlaufen, ist uns so fremd wie ein Auto. Ich überlege noch, von wem dieser Satz stammt, da sehe ich Einar. Und Einar sieht mich. Zögernd steht er beim Eingang, zögernd kommt er schließlich näher. Wir haben einander nicht viel zu sagen. Einar hat niemandem viel zu sagen. Er spielt Saxophon im Quartett und ist ansonsten schier lautlos. Im übrigen müßte er mit Fritz jetzt auf Tournee sein. Aber noch bevor ich dazu komme, ihn zu fragen, was zum Teufel schiefgelaufen sei, fragt Einar überhastet: – Kommt der Fritz noch?

Der Fritz kommt nicht. Der Fritz ist auf einer Tournee, die's offenbar gar nicht gibt. – Spielt ihr nicht heute in Saarbrücken? – Was ist? Einar schreit gegen den Lärm an, gegen diese Mischung von Kneipengewäsch und Musikbox. Um mich ist es totenstill. Saarbrücken. Tournee. Nach Frankreich rüber. Einar nickt: – Am zwanzigsten. Kommt der Fritz noch?

Abends zwischen acht und halb zehn wirkt eine Stadt im Winter verbraucht. Das Diesige, das als Glocke über der Fußgängerzone hängt, hat all die Abgase der Stadtautobahnen in sich aufgesogen. Es türmt sich der Müll der Vorweihnachtszeit: Pappbecher mit ausgelaufenen Glühweinresten neben Erbrochenem, Bratwurstteller; und im Ohr tönt stumm der Computersingsang des Weihnachtskarussells. Erst gegen zehn klart sich der Himmel auf, und die Kälte, die rein ist, dringt tief in die Lungen. Dann schneien, manchmal, ein paar Flocken herunter, die an die Kindheit erinnern und an Brötleduft, wenn die Mutter am Herd steht und bäckt.

Beim Türken in meiner Straße ist noch Licht. Im Fenster klebt ein Schild: Neueröffnung. Es klebt dort, seitdem ich hier wohne. Über ein Jahr lang hat der Türke versucht, Kebab zu verkaufen. Es kam keiner; nach ein paar Wochen auch ich nicht mehr, weil ich befürchtete, aus dem Kebab könnten die Maden kriechen. Dann gab es keinen Kebab mehr, Regale wurden angeschafft und schließlich Lebensmittel. Seit Wochen reißen die Lieferungen von Konserven und Öl nicht mehr ab. Am Samstag hat der Türke eröffnet: Er führt eine kühne Auswahl türkischer Waren, die meisten Produkte sind unbrauchbar.

Einmal habe ich den Laden betreten, ich war der einzige Kunde. Ich kaufte eine Dose, auf der stand *Gemusemicshung*, das gefiel mir sehr gut. Nun sehe ich, daß noch mehr Waren ihren Platz suchen. Behälter mit Schafskäse sind angekommen und eingeschweißte Wurstwaren. Die Bananen in den Auslagen faulen bereits. Auch das Gemüse sieht welk aus. Wenn man es nur nicht tagsüber draußen an der Hauptverkehrsader plazierte!

Ein paar Häuser weiter ist ein Schild an die Hauswand geschraubt. *Annalena Flaig M.A., Freizeitberatung.* Das bin ich. Ich schließe das schwere Tor auf, das doppelt abgeschlossen ist, und tappe durch die stockdunkle Einfahrt. Um Strom zu sparen, brennen ab zehn Uhr die Hoflampen nicht. Wer dann noch kommt, der muß das Schlüsselloch zur Haustür im Dunkeln finden. Aus Protest schließe ich hinter mir nicht ab; wohl wissend, daß die Frau Häberle aus dem zweiten Stock kein Auge zutut und gleich im Morgenmantel nach drunten schlappen wird, und morgen liegt mir wieder ein Zettel im Kasten: Wenn Sie das nächste Mal nicht, und so fort.

Meine Wohnung will ich mir gar nicht erst ansehn. Ich ziehe die Lackstiefeletten im Dunklen aus. Frédéric hat sich über das Kaninchenfell hergemacht; der Pelzbesatz wirkt schütter. Weil ich die Starrheit daheim selbst nicht vertrage, lasse ich, aus Ekel vor soviel Unbelebtem, dreimal die Woche eine andalusische Putzfrau kommen. Ich kann's mir leisten, und die Frau ist froh. Ihr Mann ist ihr weggelaufen, und sie hat drei halbwüchsige Töchter aufzuziehen. Die Söhne sind aus dem Haus. Durchgebrannt mit deutschen Mädchen. Jedenfalls kommt niemals die

Rede auf sie. Ich frage nicht, und Maria kneift die Lippen zusammen. Sie gute Frau, sagt Maria. Und deutet auf das moderne Holzkreuz im Flur, das Teil meiner beruflichen Ausstattung ist.

Im Schlafzimmer drehe ich die Neonröhre so weit wie möglich herunter und werfe die seidene Tagesdecke auf den alten englischen Clubsessel, das einzige Möbelstück in der Ecke. Schnell bin ich aus den Kleidern. Im falschen Marmorbad noch die Zähne geputzt und die Schiene hinein, die meinen Kiefer auf Idealmaß trimmt. Es tut teuflisch weh, und ich werde auch diesmal wieder meinen Lieblingsalp träumen: Wie all meine Zähne aus ihrem Bett verschwinden. Die Schiene bin ich den Klienten schuldig. Schließlich bin ich die Frau, die ihre Probleme managt. Lieber Fritz: Du hast eine Alptraumfrau, ich weiß. Aber wenn sie nicht wäre mit ihren modischen Varianten der Aufopferung, dann kämst du nicht zum Komponieren. Dann sägte an deinen Nerven wieder jede Nacht das Barpiano, und das *Fritz Kobler Quartett* müßte billige Platten aufnehmen.

Ich übertreibe, wie häufig vor dem Einschlafen. Dabei weiß ich, er würd's auch ohne mich schaffen; er macht ja auch seine Eskapaden ohne mich. Nein, ich werde ihn morgen nicht zur Rede stellen, nichts werd ich sagen, keinen Ton. Entweder, er erzählt mir oder er erzählt mir nicht. Diese Hellsicht kostet mich etwas Nerven. Ich schlucke und spüre mein Dauerhalsweh. Ich halte das aus, Fritz, gute Nacht.

Am Morgen brauche ich drei Tassen Kaffee, bis ich dem ersten Klienten ins Auge sehen kann. Es ist Samstag, der härteste Tag in der Woche. Samstags kommen oft Unangemeldete; Leute, die das lange Wochenende fürchten. Oft bieten sie mir ziemlich hohe Summen an, damit ich ihnen ad hoc ein Programm zusammenstelle. Kein Mensch kann sich vorstellen, wie schwer das ist.

Vor mir sitzt ein Diplom-Pädagoge, dessen Freundin bei den Stadtwerken schafft. Die Freundin ist neu, sie will unterhalten sein, und von der Gestaltung dieses einen Wochenendes hängt alles ab. Ich nicke. Situationen wie diese sind mir nicht unbekannt. Um ihn einzuschüchtern, führe ich ihn erst einmal durch die Wohnung. Vor der rauchblauen Seidendecke meines riesigen Bettes, in dem, wie meine Putzfrau weiß, niemals ein Mann liegt, stutzt er. Ich sehe, wie es in ihm arbeitet. Dann ziehen wir uns ins Büro zurück und kommen zur Sache. Zunächst Kino, ein leichterer Film mit Problembewußtsein. Nicht über achtzig Minuten. Vorher der Aperitif im Bistro des Museums. Um halb acht, das ist große Klasse. Dann der Film, der morgen erst anläuft, aber keine Sorge, ich hab ihn gesehen, gestern in Frankfurt, na klar. – Welchen Aperitif? Auf keinen Fall Kir Royal, eher etwas Schlichtes, Portwein, aber trokken. Nach dem Film gehen Sie Pizza essen, ins Poco Pìccolo; und bitte leichte Kost. Lenken Sie's so, daß *sie* einen Salat nimmt, während Sie sich eine Pasta bestellen, nur bitte nicht mit Meeresfrüchten, das hat keinen Stil. Mögen Sie Krabben? Dann erwähnen Sie das bloß nicht. Nehmen Sie Kräuter mit Sahne und essen Sie nicht alles allein auf. Hinterher bezahlen Sie, wenn Sie von der Dame mehr wollen, am besten getrennt. So. Überlassen Sie den Rest des Abends ganz *ihr*. Hier habe ich eine Broschüre mit Nachtlokalen, eigens für Individuen Ihrer Berufsgruppen zusammengestellt, mit einer kurzen Beschreibung. Wenn ich ein persönliches Wort sagen dürfte, ich ginge, falls d'accord, höchstens noch kurz ins *Hip*. Dort gibt's zurückhaltende Musik und einen vorzüglichen Espresso. Und – trinken Sie wenig. Ein Viertel Wein genügt.

Wenn die Dame Sie zur Nacht begleiten möchte, lassen Sie sie auf jeden Fall im eigenen Auto fahren. Machen Sie sich Ihre Umgebung vorher etwas zurecht. Stellen Sie trockenen Sekt in den Kühlschrank. Der Rest ergibt sich, wenn ich so sagen darf, von selbst.

Ich kassiere hundertfünfzig Mark, wünsche viel Spaß und schicke den Diplom-Pädagogen zum Weinhändler, der gegenüber, bis ich schließe, offen hat. Der nächste, bitte. Einer meiner Stammkunden, ein Rechtsanwalt, polygam und esoterisch. Diesmal wird's teurer.

Und als um fünfzehn Uhr zwei Fritz am Bahnhof ankommt, bin ich total fertig. Nicht alle sind so einfach zu befriedigen wie der Diplom-Pädagoge. Da gibt es Leute, die wollen Hockey spielen, oder sie sehnen sich nach Neuer Musik. Nur darf es bloß kein John Cage sein, denn den spielen sie gerade in der Messehalle; wenn ich mich dafür interessieren würde, wirklich ein gutes Konzert. Nein, es soll ein Programm sein für eine volle Woche, jeden Abend in einer anderen Stadt, nie weiter weg als zwohundertfuffzich Kilometer und mit öffentlichen Verkehrsmitteln zu erreichen. Da komm ich ganz schön ins Telefonieren.

Fritz ruft diesmal vom Hauptbahnhof aus an. – Wie war's? – Ach, sagt Fritz, reden wir nicht davon. Das sagt er immer. Aber klingt er diesmal nicht noch abgespannter, kommt er nicht von noch weiter her? Seiner Stimme fehlt der Glanz, den sie sonst stets hat, wenn er von einer Tournee zurückkehrt. Kunststück. Er kommt ja auch nicht von einer Tournee. In Fritz' Wohnung ist nicht einmal Geschirr gespült, das Bettzeug ist nicht gewaschen, und alles, was es zu essen gibt, ist Katzenfutter und eine halbe Flasche Chianti. Auf dem Weg zum Bahnhofscafé renne ich durch meinen liebsten Feinkostladen. Drinnen herrscht die Atmosphäre eines Juweliergeschäfts. Zwischen Wolfspelzmänteln und zünftigen Hirschen verlange ich ein halbes Pfund Tiefseekrabben. Das ist zwar mediokrer Arztgattinnenschick, aber ich eß das Zeug gerne. Und Fritz ist's egal, was er ißt. Mit dem Sekt, dem Rotwein, Kaffee, Brot, Käse und Frédérics Leberwurst komme ich auf hundertfünfunddreißig Mark zwanzig. Ich zahle mit den Scheinen des Diplom-Pädagogen und gebe dem Mädel an der Kasse den Rest als Trinkgeld. Soll sie sich einen schönen Nachmittag machen. Ich hab vor ihr an eben derselben Kasse gejobbt; ich weiß, was das heißt.

In der Fußgängerzone überfällt mich wieder die Hektik. Zur Probe atme ich tief durch: Wie gestern passiert nichts. Ich kriege genügend Luft. Vor mir geht ein Junge mit Anpassungsschwierigkeiten. Er ist lang und dünn und tut so, als wäre er Punk. Zwischen den Rissen in seiner hautengen Hose schaut das magere Fleisch heraus. Auf dem Rücken seiner Lederjacke steht *Nur ein toter Skin ist ein guter Skin*. Es sind Lackbuchstaben in Pink, deutlich von einer Mädchenhand. Vor zehn Jahren trug ich eine ähnliche Jacke, allerdings ohne solch einen Spruch. Ich habe sie noch selbst verratzt, statt sie mir in zerschundenem Zustand für sechshundertneunzig bei *Avantage* zu kaufen. Die Lederjäckchen der Väter sind neuerdings der letzte Hit. Kürzlich sah ich bei *Avantage* so ein schlaffes Teil, auf dem pappte ein Zettel: Diese Jacke, Rindsleder mit Wolle, trug 1963 bis '68 Rudi Dutschke. 1235 Mark. Herrgott im Himmel. Fritz klebte einen Zettel ans Fenster, auf den er mit Kuli schrieb: Das Einschußloch ist am Kragen hinten. Sowas versteht freilich heute kein Mensch mehr. Die Kids halten Rudi sowieso für sowas wie Hitler.

Ich folge dem Jungen weniger aus widerwillig eingestandener Sentimentalität, als vielmehr deshalb, weil er sich mit rabiater Rücksichtslosigkeit seinen Weg bahnt. Klein wie ein Mäuschen schlüpfe ich hinterher. Am Schloßplatz schließt er sich einem Pulk jugendlicher Totengräber an, die von einem Bein aufs andere treten und, Multivitaminsaft trinkend, darauf warten, von zugereisten Älplerskinheads ordentlich eins auf die Birne zu kriegen. So geht das hier neuerdings jeden Samstag. Ganze Banden rollen an, um in der Provinzhauptstadt alles durchzuprügeln, was schwul, schwarz oder sonstwie schräg ist. Ich weiß das von meinen Klienten, die bei solcherlei Aktionen gern selbst mal dabei wären, und von andern, die verängstigt um zentrumsferne Freizeitplanung bitten. In den Zeitungen steht so etwas nicht. Die sind jetzt bei der Textgestaltung der Neuen Deutschen Welle angekommen, und wenn sie in ein paar Jahren die abgehalfterten Zeitgeistlettern durch die alten Runen ersetzen, dann gewinnen sie sicher wieder Leser.

Fritz sitzt am Tisch und wird wie üblich angebettelt. Jeder Penner im Umkreis von hundert Metern sieht sofort, daß Fritz ein weiches Herz hat. Weich deshalb, weil Fritz eine geheime Affinität zum Versumpfen verspürt. – Was willst du damit, fragt er eben einen Typ, der zwanzig ist und auf Entzug und aussieht wie sechzig. – Eine Fahrkarte kaufen. – Gut, sagt Fritz. Dann kaufen wir jetzt zusammen die Fahrkarte, und ich sag dir 'ne Klinik in München, da gehst du hin. Wende dich an Doktor Schäufele. Das ist ein alter Freund von mir. Sag ihm Grüße vom Kobler. Der Junk ist verunsichert. Da sieht Fritz mich: – Muß mal eben mit nach oben. Hast du was zu schreiben und Geld? – Hab ich. Fritz' soziales Gewissen verschlingt einiges. Dabei sieht er heute selber nicht gut aus. Etwas in seinem Blick irritiert mich. Etwas Flackerndes, Fiebriges.

Bis Fritz zurückkommt, setze ich mich auf seinen Stuhl. Ich bin im Mantel und spüre dennoch die Wärme des Sitzes. Da es dauern wird, weil alle Welt heute mit der Bahn reist und selbst die schlimmsten Steuerhinterzieher brav genug sind, sich eine Fahrkarte zu kaufen, bestelle ich einen Espresso. Mich befällt eine Lust zu rauchen, die zunächst als vage Ahnung umherschwebt und schließlich konkret wird: Ich zähle die Markstücke in meiner Manteltasche. Noch immer kann ich es, ohne hinzusehn. Altes Raucherkunststück. Dann nehme ich ich die Hand aus der Tasche und lege sie ruhig auf den Tisch. Ich habe aufgehört. Nicht wegen der Erstikkungsanfälle, sondern weil das Rauchen in meinem Metier geschäftsschädigend ist. Von einer Frau, die aus dem Maul nach Teer stinkt, nimmt kein Klient einen teuren Rat an. Ich manage mich, ich manage mich bis in die Winkel meiner Lunge.

Ich bin noch in Berufskleidung: zerschleuderte Jeans im *Avantage*-Look, auf alt gemacht, aber brandneu, darunter zwischen den Fäden durchscheinende Silberstrumpfhosen. Die Seidenwäsche kommt indirekt zur Geltung; man sieht sie, indem man sie nicht sieht. Frauen, denen das Trägerchen neben dem Pulli rausguckt, sind obszön. Oben trage ich einen Angora-Pulli, gegen den ich allergisch bin. Jedenfalls gibt's unter den Armen rote Flecken. Zwei Ringe, an jeder Hand einen, zwei gleiche Ohrringe in jedem Ohr, ein Halsband, ein Armband, eine Uhr: alles Platin, alles vom Designer, alles echt. Ich habe Geschmack, und dafür bezahlt meine Kundschaft. Zum Glück bin ich auch noch fett, nur leider etwas zu klein für den Trend. Gesicht und Hände lasse ich dreimal die Woche bei der Kosmetikerin richten, ich interessiere mich dafür nicht. Wenn ich mich im Ganzwandspiegel des falschen Marmorbads betrachte, dann sehe ich, falls abgeschminkt, farblose Augen in einem runden, roten Gesicht. Meine Lippen sind voll, meine Zähne häßlich, meine Hände kurz und die Finger kräftig. Ich bin der letzte Sproß einer Ahnenreihe von Bäuerinnen. Mir gefällt das, und Fritz gefällt's auch. Für die Arbeit muß man halt Abstriche machen. Ob ich nun in einer Nonnenkutte herumlaufe oder eingehüllt in den Duft von *Scherrer Paris,* es wird mich mir immer entfremden.

Als ich in die Stadt ging, um zu studieren, Kunstgeschichte und zwei Semester Kirchenmusik, als erste und bisher einzige der Familie, da sagte ich mir: Ich steh das durch. Ich werd nicht arbeitslos wie die andern, Arbeitslosigkeit ist was für die Besseren. Diese Vitalität habe ich von meiner Mutter. Aber manchmal, wenn Sommer ist, und es singen die Vögel, dann sehne ich mich nach einem Mistkarren, dann will ich in den Stall und die Kühe melken, dann will ich den Duft riechen vom Land. Das Heu wenden und mit den Händen schaffen, und daneben verreckt der Wald. Du denkst zuviel, hat der Vater immer gesagt, als er noch mit mir geredet hat.

Von draußen dringen Fetzen von *Es ist ein Ros entsprungen,* als Fritz mit Kraft die Drehtür aufschwingt. Da steht er vor mir, und ich bin wieder da. – Bist du erkältet, frage ich. – Nein, wieso, sagt Fritz und küßt mich: Komm, wir gehn. Ich lege die Markstücke auf den Tisch und nehme die Tüten. Sie sind aus Packpapier, und natürlich reißt an einer der Henkel. Fritz streckt mir die kleinere seiner beiden Taschen hin, wir tauschen. Fritz kommt mit allem zurecht. Daß er nie allein in seine Wohnung zurückwill, das rührt mich.

– Ist etwas, sage ich in der Straßenbahn, die voll ist von Matsch und Schweiß und verbrauchtem Atem. Wir haben nebeneinander einen Sitzplatz ergattert; mit dem Wollhandschuh wische ich die beschlagenen, fettigen Scheiben frei. Fritz schaut mich von der Seite an: – Wieso fragst du. Ich frag ja schon nicht mehr. Ich erzähle vom Diplom-Pädagogen und vom polygamen Rechtsanwalt und werde immer lebhafter dabei. Es ist eine Lebhaftigkeit, deren Künstliches leicht zu durchschauen ist, an der Grenze zum Überdrehten. Aber Fritz schaut mich an, und ich werde ruhiger. – Dein Job geht dir auf die Nerven, sagt Fritz. Sollen wir heut abend essen gehn? Willst du mal wieder ins Theater? – Bloß nicht. Geh mir weg mit dem Theater.

Ich will in dein Bett, lesen und vögeln, sonst nichts. Fritz lacht.

Wenn Fritz in seiner Wohnung ist, dann wirkt sie anders. Sie ist vom einen Ende zum andern ausgefüllt. Sofort strömt eine Wärme herein, die von der Pfeife kommt, die Fritz sich ansteckt. Das tut er heute nicht. Er begrüßt Frédéric, der zur Schau ein wenig fremdelt, dann kocht Fritz Kaffee und gießt sich seine Tasse schier bis obenhin mit Milch voll. Auch das ist neu. Fritz hat in seiner Abwesenheit neue Gewohnheiten angenommen. Während der Kaffee zieht, zündet Fritz die Kerzen an und setzt sich ans Klavier. Die Melodie, die er spielt, kenne ich nicht. Immer, wenn er nach Haus kommt, spielt er neue Melodien, die ihm in Zügen eingefallen sind, in Hotelbetten und Garderoben. Das Stück ist sehr einfach, ein Ein-Mann-Stück für Piano und Stille. Es erzählt eine Geschichte. Wenn wir nachher zusammen im Giebelbett liegen, werde ich ihm diese Geschichte erzählen. Und Fritz wird mir begierig zuhören wie immer. Das ist unsere Zeremonie des Wiedersehens. Sie läuft stets gleich ab, nur die Melodien sind andere.

Den Kaffee und die Krabben nehmen wir mit ins Bett. Auch Frédéric kommt mit. Er wird sich bald langweilen und zum Fell hinabklettern, das Fritz für ihn auf den Korbstuhl legt. Das Giebelbett ist nun erleuchtet von den Zügen und Lichtern des Hauptbahnhofs. Und von einem spärlichen Tagesrest. Wir stellen Tassen und Schälchen auf den schmalen Fenstersims und schauen eine Weile hinaus. – Manchmal, wenn ich fort bin, dann glaub ich, ich komm nicht mehr heim, flüstert Fritz. – Ach geh, sage ich. Dann bin ich ruhig. Irgendwie ist Fritz traurig diesmal. Und zerfahren. Ich ziehe die Klunker und den Pullover aus. – Stör dich nicht an der Wäsche, sage ich, als Fritz mit der Fingerspitze über meinen ausgepeilten BH fährt, ich hatte keine Zeit mehr, mich umzuziehen. – Ich hab den Ofen angemacht, sagt Fritz. Seine Kleider wirft er die Luke hinab ins Zimmer. Im Bahnhofslicht kann ich, wie er sich vorstreckt, seinen Buckel sehen. Fast scheint mir, er ist gewachsen in der einen Woche. Ein ausgewachsener Pianistenbuckel.

Fritz ist wie immer wärmer als ich. Er wärmt mich außen, und innen wärmt mich Kaffee. Oder umgekehrt. Dann wärmt mich nur noch Fritz, außen wie innen. Wenn wir uns ein paar Tage nicht gesehen haben, dann legt er sich immer zuerst auf mich. Das tut er auch jetzt. Als wolle er mir mit seiner gesamten Körperlichkeit beweisen, daß er nun voll und ganz wieder da sei. – Ist's dir zuviel? – Nein, es ist mir nicht zuviel. Es ist mir nie zuviel. Wenn ich mit Fritz bin, so ist das der einzige Moment, in dem ich ganz bei mir bin, wo nichts am Körper mir weh tut. Ich spüre den Hals nicht, nicht den Wirbel und die Knötchen. Mein Atem geht schnell und tief. Ich höre von fern, daß ich schreie. Die Welle, die über mich drüberschwappt, von der Körpermitte nach außen. Die von den Kuppen der Finger zurückkehrt zum Herz. Dort wohnt sie eine Weile und fährt, schwächer werdend, wieder hinaus in die Glieder, wo sie nach und nach abebbt und verklingt.

Ich rutsche etwas tiefer, ich strecke mich hin, ich weine. – Ist dir wohl, fragt Fritz. – Mir ist wohl, sage ich und bewege seinen Schwanz dabei: Als es Herbst war, habe ich oft eine Kastanie vom Boden aufgelesen und sie, wie dich jetzt, in die Faust geschlossen. Bis sie so warm war wie meine Hand. – Reife Kastanien erinnern an Eicheln, nicht? Sagt Fritz, und ich freue mich, daß er das auch so bemerkt, ohne daß ich es aussprechen muß.

Fritz bleibt immer ruhig, auch im äußersten. Dann geht es lange, bis er wieder sprechen will. Wenn es gut war, liegt er da und fängt an zu summen. Oder er singt, improvisiert einen Liebestext, der ihm gerade in den Kopf kommt. Meist ist der voller Wortspiele, schlüpfrig und albern. Wie jetzt, wo ich Fritz Krabben in den Mund stopfe, die er kauend bedichtet. – Du brauchst dich nicht schämen, sagt Fritz. Und schon muß ich weinen.

Nach omas tod hat meine Mutter deren Handtasche nicht weggeworfen. Sie legte die Tasche in das Kämmerle, das Mutters Leben war und das niemand bewohnen durfte. Meine Mutter hatte ein Zimmer nur für ihre Erinnerungen! Durcheinander quoll das Leben bis zur Decke. Briefe aus Amerika, seltsame Marken, bunte Heiligenbildchen, Feldpost aus Frankreich, Stöckelschuhe, Kruzifixe. Manchmal, wenn ich mich langweilte, wühlte ich in diesem Zimmer herum, nuelen, nannte das die Mutter, kramte im ausrangierten Kleiderschrank, fand dort meine alten Kinderjäckchen, von der Mutter gestrickt, und eines Tages Omas Tasche. Die hatte einen Klapphenkel, der schnappte, wenn man sie schloß; die Oma hatte sie oft in den Händen gehabt, wenn sie mit eng zusammengepreßten Knien auf der Sofakante der verschlossenen Stube saß. Mit der Tasche bewehrt hockte sie auf der Kante des Stubensofas, stundenlang, tagelang, und drückte mit dem Hintern die Kissen platt. Bis sie dann abgeholt und in die Anstalt gebracht wurde, die ihr Tod war. Nach vierzehn Tagen der Tod. Ich habe mir dies Sitzen angesehen, immer aufrecht, immer auf der Kante, dabei habe ich mir heimlich ein Wissen erworben.

Als ich die Handtasche öffnete, fand ich darin ein Heiligenbildchen, ein Gebetbuch, einen Rosenkranz, eine dreckige Brille im Etui und den Oberkiefer von einem Gebiß. Mein Entsetzen schlug Jahre! Dann habe ich das Gebiß genommen und es in ein Stück Ton gedrückt. Mit allem anderen, was ich in Omas Handtasche fand; auch mit dem alten Pfennig, auf dessen Rückseite ein Kreuz war, von dem ich schon wußte, wieviel Unheil es über den Opa und den Vater und den Onkel gebracht hatte. Der Kunstlehrer hat mir eine Eins gegeben. Generationen von Schülern sind an Omas Gebiß vorbeigegangen.

Auch sonst gab es im Kämmerle viel, das mich entsetzt oder beleidigt hat. Die Totenbilder etwa, die Postkartenformat hatten und zwischen den Photos von Ausflügen lagen. Es war ein besonderer Kitzel, die Ausflugsphotos, auf denen die Mutter noch ganz jung war und die einen gezackten Rand hatten, anzusehn, ohne daß mein Blick auf ein Totenbild fiel. Man mußte sich die Reihenfolge der Photos schon ganz genau merken, sonst passierte es wieder. Ich fürchtete die Toten, die aufgebahrt in Särgen lagen, so sehr, daß sie mir sogar des nachts erschienen. Wenn ich einen von ihnen aufblätterte, dann schlug ich mir so hart die Hand vors Gesicht, daß es schmerzte. Mein Herz raste, das Blut klopfte mir in den Ohren vor Angst. Einer der Verstorbenen hatte den Mund leicht offen, und seine auseinanderstehenden Schneidezähne waren gezackt wie bei einem Tier.

Die Mutter hatte diese Nuelereien nicht gern, weil ich, wie sie sagte, alles durcheinander brächte. Das tat ich nicht. Das Chaos war da, und es kam nicht von mir. Nur selten, zweimal im Leben vielleicht, hat die Mutter das Kämmerle aufgeräumt. Sie hat die Gasmaske in die Weinkiste zu Opas Stiefeln gestopft, sie hat die Kisten mit den Schuhen und den Fasnetslarven aufeinandergestapelt und neue Kisten mit Briefen davorgestellt. Im Kämmerle gab es alles. Gefütterte BHs mit Pepitamuster, Vaters verfleckte Blaue Donnes und Arbeitskittel, Mutters Blusen und Schürzen von der Oma. Die Waschschüssel und den Rasierpinsel, mit denen sich der Opa im Schlafzimmer rasiert hatte. Seinen

Schirm und seinen Zylinder. Opas Zwicker, den Gehstock und den speckigen Frack, der auch nach zehn Jahren nach Wirtshaus roch und nach dicken Zigarren. Das Kinderspielzeug vom Bruder und mir, die Metallbaukästen, die Puppen; das Idale aus Gummi mit dem Kuliherzen auf der Brust, das mein Bruder aufgemalt hatte, und das weiße Bärle, das mir der Opa geschenkt hatte, als ich drei wurde.

Im Kämmerle lagen auch Photos von Männern, die ich nicht kannte. Die schaute ich mir immer besonders lange an. Die meisten von ihnen trugen Uniform. – Das ist der Onkel Albert im Ersten Weltkrieg, sagte die Mutter einmal: Er ist desertiert, später hat ihn der Opa in Augsburg wiedergetroffen; aber er hat nichts gesagt und hat ihn laufenlassen. Noch später ist der Albert Kommunist geworden und nach Rumänien. – Wieso? fragte ich. – Das weiß ich auch nicht, sagte die Mutter.

In Nächten, da ich nicht einschlafen kann, da der Atem flach geht und der Schmerz darin wandert, in Nächten, da ich die Stimmen verscheuchen muß, wühle ich manchmal im Kämmerle. Die alten Heiligenbildchen hol ich hervor, die Weißsonntagskerze, die Taufkerze, die darunterliegt und viel schlichter ist. Man sieht ihr die Ärmlichkeit der Zeit, in der sie erstanden wurde, noch an. Mein Gebetbuch, das in weißes Leder gebunden ist und in der Mitte ein goldenes Kreuz trägt, ist fleckig. Das Bändele liegt da, wo die Schrift zur Beichte aufruft. Darüber ein Zettel, in sauberen Volksschulbuchstaben und mit Tintenkiller verbessert: Ich habe nicht an den Lieben Heiland gedacht. Ich bin in der Heiligen Messe nicht aufmerksam gewesen. Ich habe gelogen. Ich war zornig. Ich habe unkeusche Sachen gedacht. Gott sei mir armem Sünder gnädig.

Lieber Gott, mach mich fromm, daß ich in den Himmel komm. Laß mich gut schlafen, gut träumen und nicht weinen. Lieber Gott, mach, daß ich keinen Krebs bekomme. Und daß es keinen Krieg gibt. Laß die Mamme nicht tot sein. Und den Pappe nicht. Hilf mir, daß ich besser Klavier spiele ...

Das Büchlein, in dem der Anfang dieses Gebets steht, das ich bis zu meinem fünfzehnten Geburtstag jeden Abend gesprochen habe, liegt verstaubt unter dem alten Spinnrad, auf dem noch ein Rest Wolle von den eigenen Schafen steckt. Öfter nahm meine

Mutter das Spinnrad heraus, klopfte den Staub ab und stellte es in die gute Stube. Einmal habe ich gesehen, wie sie sich ans Spinnrad setzte und mit dem Rest zu spinnen anfing. Sie trat gleichmäßig mit dem Fuß, und das Schaf surrte zwischen ihren Fingern. Trotzdem brach die Wolle, die morsch war, immer wieder ab. Da hat die Mutter das Spinnrad zurück ins Kämmerle gestellt.

Niemals hat meine Mutter einen Gegenstand, der abgelebt war, hinausgeworfen. Alles, auch die Mäntel, die Hüte und die Skischuhe, kam in das Kämmerle. Dort hing auch die Tracht meiner Urgroßmutter, die majestätisch war und streng.

Als meine Großeltern starben, haben die Eltern den Bauernhof aufgegeben. Sie sind umgezogen in eine Hausmeisterwohnung, und die Mutter hat das Museum aufgebaut. Nichts konnte sie daraus vertreiben. Immer wieder trug sie Stücke hinein, eine Mistgabel, die Achse eines Pflugs, vor dem einmal die zwei Ochsen gespannt gewesen waren. Sie erschuf aus dem Einschnitt, den es in ihrem Leben gegeben hatte, sofort eine eigene Vergangenheit, eine Gleichzeitigkeit des Gewesenen. Und sie verteidigte das Kämmerle, von dem ein Geruch ausging nach Moder, nach

Saurem und Vergilbtem, gegen den Hohn der Familie: Natürlich könne man dieses und jenes noch gebrauchen; es könnten ja schlechte Zeiten kommen, und das Spinnrad habe sie schon einmal gerettet, als die Wolle rar war und der Winter kalt und der Vater, der damals ein junger Mann war, neue Pullover brauchte.

Das Kämmerle war schuld, daß ich schon als Siebenjährige das Gefühl hatte, nicht mehr richtig atmen zu können. Das Bauernhaus war an Türken vermietet; um in die Stube hineinzukommen – es lag ja nur ein paar Meter entfernt, und von der neuen guten Stube aus sah man den Giebel – begann ich Briefmarken zu sammeln. Denn auch der Türkenvater sammelte Briefmarken; am Kachelofen, wo vorher der Opa gesessen und Geschichten erzählt hatte, saß nun der Türkenmann und tauschte Segelschiffe gegen Olympia, obwohl er arge Verluste dabei machte. Denn meine Marken kamen aus dem Spielzeugladen, seine von der Verwandtschaft aus Istanbul. Er hieß Mehmet und hatte weißes Haar und einen weißen Schnurrbart. Seine Frau, die, wie meine Mutter sagte, eine Schlampere war und acht Kinder hatte, die nicht alle von Mehmet waren, brachte uns zuckersüßen Tee, der mich zittern machte. Sie konnte kein Deutsch, aber Mehmet konnte welches. Er fragte: – Du gut? – Heute gut, sagte ich, und Mehmet nickte und streckte sich auf der Ofenbank aus. Mehmets Frau spülte am Schüttstein, an dem auch die Oma gespült hatte. Aber die Küche roch nicht mehr wie früher, und auf dem Abort fehlte das Zeitungspapier. – Du mußt aufpassen auf Opas Haus, sagte ich zu Mehmets Frau: Sie lachte und herzte mich und gab mir ein Zuckerle. Ihr Sohn, Hasan, der in meinem Alter war, wollte nicht mit mir spielen. Er kletterte aufs Dach vom Schopf, in dem noch der Hackklotz stand, auf dem mein Opa den Hennen den Kopf abgehauen hatte, und warf die Ziegel herunter, so daß das Reisig darunter zu faulen anfing. Der Opa hatte es mit mir im Reisschlag am Waldrand gehauen. Es war gutes Reisig zum Feuern. Und als es die Wand hoch gestapelt war, lachte der Opa und rief: – Meidele, jetzt kann der Winter kommen. Der Winter kam, und ich entdeckte in den Hennenblutspritzern an der Schopfwand meinen Namen: *Anna-Lena*. Die Mutter hatte ihn hineingeritzt.

Jeden Tag, wenn die Volksschule aus war, bin ich das Wegle hinuntergelaufen, am Türkenhaus vorbei, am Kruzifix, das meine Urgroßmutter in den Johannisgarten gestellt hatte, dem Dorf zu. Das Kruzifix trug die Jahreszahl 1886, das Geburtsjahr meines Opas; und es hatte, wie meine Mutter sagte, ein arges Geheimnis. Was für ein Geheimnis es war, hat sie mir nie erzählt, sie hat das Geheimnis mit ins Grab genommen. Der Christus auf dem Kreuz sah leidend aus. Als ich noch nicht zur Schule ging, dachte ich, man habe Menschen auf Kreuze genagelt, und im Lauf der Jahre seien sie geschrumpft. Dann habe man sie mit Lack übergossen, mit Lack und mit Farbe. Auch auf dem Friedhof habe ich das gedacht. Ich sah das Kruzifix auf dem Grab der Urgroßeltern und glaubte, es sei der Urgroßvater. Er war schon 1924 gestorben; er hatte also genug Zeit zu schrumpfen gehabt. Jedesmal schauderte mir, daß man ihn angenagelt und so übergossen hatte.

Ich stellte mir vor, daß man die Menschen in den Särgen an Kreuze nagelte, und dann wartete man, daß sie schrumpfen und auferstehen würden. Und wenn sie ganz klein und auferstanden waren, warf man die verwitterten Holzkreuze weg und übergoß die Leichen mit Farbe. Wie es der Vater getan hatte, in Frankreich, als er für die toten englischen

Soldaten Grabkreuze anmalte. Ganze Friedhöfe legte er an, mit Gefallenen, die wochenlang in der Sonne gelegen hatten und deshalb besonders schnell geschrumpft waren. Er schüttelte die Knochen aus den Handschuhen und die verwesten Schädel aus den Helmen, er legte alles zusammen, wie es zusammengehörte. Manchmal war das schwierig, da lag hier ein Bein und dort ein Brustkorb, und er mußte improvisieren. Jedenfalls hat er darauf geachtet, daß in jedem Sarg immer nur ein Kopf und zwei Arme lagen; er hat alles gerecht verteilt.

Die Uniformen auf dem Feld, mit den Knochen darin, die entleerten Gesichter ohne Unterkiefer, die Ohren im Gestrüpp – die sind meinem Vater nachgegangen. Nächtelang hat er geschrien. Einmal, ich war noch ein Kind, da nahm er mich mit in die Stadt und ins Kino. Sie zeigten einen Zusammenschnitt aus Wochenschauen, die man damals nicht zu zeigen gewagt hatte: Ausgemergelte Menschen, Leichenberge, Berge von Brillen, Gebissen und Goldzähnen, von Knochen, aus denen man Seife gemacht hatte. Ich sah eine Knochenhand, die sich mir aus einem Gitter entgegenstreckte.

Wortlos fuhren wir im Fiat nach Hause. Ich

stellte mir den Vater in Sträflingskleidung vor. Soweit war es nicht gekommen. Sie hatten ihn laufen lassen, im letzten Moment. Der Vater hatte einem Bischof zur Flucht verholfen. Wie er das gemacht hatte und sich dann noch rechtzeitig auf dem eigenen Heuboden vor der Gestapo versteckt, das war ein Wunder an Gewitztheit. Verhaftet wurde er trotzdem, verhaftet und in ein Arbeitslager gebracht. Ich kannte diese Geschichten alle, und in den Nächten, in denen er sie erzählt hat, bei Packungen von Zigaretten, da und nur da lebte mein Vater ganz auf; er redete und redete, die Furche zwischen den Augen, wo der Granatsplitter saß, verfärbte sich blaurot. Zweimal ist mein Vater für tot erklärt worden, in Rußland, wo die Kürbisse in den Feldern standen und die Bäuerinnen drall lachten. Zweimal kam er zurück, und beim drittenmal hat er gesagt, ihr könnt mich alle mit euerm Scheiß-Krieg, den wir sowieso verlieren. Da wollten sie ihn erschießen, aber es kam nicht mehr dazu. Denn der Krieg war aus und mein Vater in Gefangenschaft, wo es ordentlich Speck gab. – Und, sagte mein Vater, als ich endlich heimkam, da sind die alten Schweine wieder an der Macht gewesen. An dieser Stelle brachen seine Erzählungen stets ab. Immer mit dem gleichen Satz: – Der Oberlehrer war wieder auf seinem Posten und der Bürgermeister auch. Hinterher wollte der Vater ins Bett oder in die Wirtschaft. Wenn er ins Bett ging, dann schrie er vor Schmerzen; ging er in die Wirtschaft, kam er besoffen zurück. Und suchte Streit. In solchen Nächten zog ich mir die Decke über die Ohren, so fest ich nur konnte.

Sonntag für Sonntag steht der greise KZ-Aufseher in der ersten Reihe der Dorfkirche, in die ich bald zwanzig Jahre lang gegangen bin. Er steht da noch heute, und er steht auf einem Bein, das andere hat er irgendwo verloren. Nach dem Krieg war er lange im Gemeinderat. Er ist ein netter alter Mann, die meisten in der Gemeinde wissen von nichts. Und die, die es wissen, tragen ihm nichts nach. Auch mein Vater nicht. Ich aber habe noch lange Jahre gedacht, daß es weiterhin Haut ist, Menschenhaut, mit der die Lampenschirme bezogen werden.

Wenn ich am Türkenhaus vorbeiging, am Kruzifix, von dem ich nun schon wußte, daß der Liebe Heiland dort hing und daß der Heiland bloß aus Steinguß war und Bronze, kam ich hinunter zum Schlößle des Kuckucksuhrenfabrikanten. Am Tag, als er seine Aktienmehrheit verlor, hatte das Bistum das Schlößle aufgekauft und zur Erholung der Katholiken ausstaffiert. Kinderreiche Familien durften hier ebenso kegeln wie Bischöfe. Meine Eltern waren dort Hausmeister. Ich habe somit meine Kindheit und Jugend unter den Augen hoher Geistlicher verbracht.

Die Hausmeisterwohnung, die neue gute Stube und daneben das Kämmerle lagen im Obergeschoß. Es ist seltsam, als Kind armer Leute die Kindheit in einem Schloß zuzubringen, genau gesagt, im Dienstmädchenzimmer; in einem Bad zu baden, das für zwei geschaffen ist, auf Parkett zu wandeln und über Bischöfe zu stolpern. Im Schlößle wimmelte es von Sozialfällen und hohen Tieren. Leicht konnte man durcheinandergeraten und einen Ausrutscher machen, deshalb knickste ich stets höflich. Hochwürden dies, Hochwürden das, ja, Herr Ministerialdirigent.

Meine Eltern waren damals schon um die fünfzig. Die unverhoffte Aufgabe, das neue Freizeitheim zu leiten, schien ein Segen des Himmels. Jedenfalls waren sie, solange das Heim funktionierte, vollauf beschäftigt. Sie hatten – das bestätige ich, wie meine Mutter es verlangt hat – vierzehn Jahre lang keine

Minute Freizeit. Ich konnte mich somit ungestört entfalten, und an Anregungen mangelte es mir nicht. Meine Eltern nahm ich, von den nächtlichen Anfällen des Vaters einmal abgesehen, wahr als einen zweigesichtigen Klotz. Meine Mutter war so blaß wie mein Vater rot war, und sie ergänzten einander nicht nur äußerlich. Ich fing an zu denken, daß dies in allen Ehen so sei. Die Ehe als Arbeitsgemeinschaft, geschlossen zu dem Zweck, einem höheren Sinn zu frönen. Davon komm ich bis heute nicht los.

Die Fremdheit des Dienstmädchenzimmers und die Talare der Bischöfe in den Gängen verstärkten mein Gefühl, am falschen Platz zu sein. Ich war Zwangsbewohner in einem Heim, das seinen Gästen Freizeit vorspielte. Ich hatte zu dienen und Flaschen zu öffnen. Ich brachte den Bischöfen die Platten mit Sauerkraut und Speck. Vergelt's Gott, hatte ich zu sagen, wenn mir einer ein Zehnerle in die Faust steckte, die heiß war vom Chromargan und brannte. Und wenn ich im Dienstmädchenzimmer über meinen Heften saß, zusammenrechnete, was zweiundzwanzig mal achtundfünfzig ist (oder umgekehrt, umgekehrt geht es leichter), fand einen Stock unter mir die Heilige Wandlung statt. Brot und Wein verwandelten sich ohne einen Mucks in den Leib und das Blut des Herrn Jesu. Zwei Stockwerke darunter klopfte die Mutter die Schnitzel. Man hörte es bis zu mir herauf, und ich ahnte, wie sie die Lippen bewegte: Fressen, beten, fressen, beten.

Oft war meine Mutter am Abend so müde, daß sie, während der Vater nach der Tagesschau ins Wirtshaus ging, vor dem Fernseher einschlief und schnarchte. Geh ins Bett, rief ich: Und die Mutter schreckte zusammen und blickte auf, als käme sie von weither. Ich hab doch gar nicht geschlafen, lallte sie dann, und schon war sie wieder eingenickt. Selbst wenn es einmal nichts Dringendes mehr zu tun gab, konnte meine Mutter nicht ausspannen. Ich sah das und versuchte zu helfen. Ich half ihr aus Lust und Selbstverständlichkeit – und ich half ihr aus Scham. Ich ging noch in die Volksschule, ich wollte keine Mutter haben, die in den Augen der andern ein müdes altes Weib war. Ich wollte eine junge Mutter, die mit mir schwimmen ging; hatte nicht der Arzt gesagt, das Kind muß schwimmen, so dünn, wie es ist. Sonst kriegt es ein krummes Kreuz. Aber es wurde nichts aus dem Schwimmen mit so einer dicken, alten, erschöpften Mutter, und was half es dem Kreuz, daß sie mich auch noch mit in ihr Bett nahm, als ich schon ein großes Mädchen war. Ich kroch zu ihr und wärmte ihr den Rücken, ich kraulte ihr die Wirbelsäule und streichelte ihr die festen Wülste an den Seiten. – Ja, da! rief die Mutter, da juckt es, und ich fing an zu kratzen, ein bißchen mehr links, weiter oben, bis ihr Rücken ganz rot war.

Später, als der Vater ihr Schnarchen nicht mehr ertragen konnte, schlief die Mutter eine Weile auf dem neuen Sofa in der guten Stube. Eigentlich war das neue Sofa für ein späteres Leben bestimmt. Für ein Leben außerhalb der Hausmeisterwohnung, für ein Leben im eigenen Heim und in Rente. Dafür haben meine Eltern zeitlebens gespart, und daß meine Mutter eine Weile auf dem neuen Sofa schlafen durfte, das lag nur daran, daß es anders nicht ging. Das neue Sofa war in dieser Zeit die einzige Schlafgelegenheit, wo meine Mutter mit ihrem immer schlimmer werdenden Schnarchen den Vater nicht störte. (Daß er seit dem Krieg schrie in der Nacht, schrie wie am Spieß, stand auf einem anderen Blatt.)

Tagsüber schlief die Mutter nicht auf dem neuen, sie schlief auf dem alten Sofa, das in der Küche stand. Das alte Sofa war schmal und aus den fünfziger Jahren; ich hatte darauf bei den Großeltern einen Teil meiner frühen Kindheit verbracht. Ich liebte das rostbraune Sonnenmuster und die gespreizten Beine, die so zerbrechlich wirkten. Wenn es ächzte, glaubte ich den Opa zu hören, wie er stöhnte und seufzte und: Ja so! rief. Nun warf sich die Mutter darauf, die ähnlich schwer war wie der Opa, das Sofa ächzte und brachte den Opa zum Leben zurück. – Ja so! rief ich, die Mutter lachte, und zum Lohn wurden ihr die Füße gestreichelt, die Fußsohlen und die Zehen, an denen alles schön war und wohlgeformt. Sie schätzte es, an den Füßen liebkost zu werden, doch bald schreckte sie schon wieder hoch und stammelte: – Ich muß den Kaffee kochen. Sie raffte sich auf und lief weg.

Mein Opa hatte auf dem Sofa nur gesessen, wenn es ihm nicht wohl war. Meist saß er auf der Ofenbank, sommers wie winters, und rauchte eine dicke Zigarre. Dann liebte er es, wenn ich ihm auf den Schoß kroch. Seine abgetragenen Sonntagshosen rochen nach Bratwurstfett und Wirtschaft. Im Kittel steckte eine goldene Uhr. Manchmal nahm der Opa die Kette heraus, las die Zeit ab und verglich die Taschenuhr mit der alten Stubenuhr. Mal richtete er die Taschenuhr nach ihr ein, ein andermal wiederum stand er auf und rückte am Zeiger der Stubenuhr. Erst wenn beide Uhren exakt die gleiche Zeit zeigten, war der Opa zufrieden.

Der Großvater war Kleinbauer. Nebenbei arbeitete er in der Fabrik des Kuckucksuhrenfabrikanten. Er war Werkmeister und als Betriebsratsvorsitzender die Stütze des Fabrikanten. Mein Großvater war ein eleganter Mann, der viel auf seine Erscheinung hielt. Die Mutter erbte von ihm den robusten Knochenbau, ich erbte seine Lust am Geschichtenerzählen. Der Großvater war ein phantastischer Geschichtenerzähler. Seine Geschichten fingen stets mit demselben Satz an: S isch wirkle wohr gsi.

Besonders gern erzählte mein Großvater von der guten alten Zeit und vom Fritzle. Das Fritzle war der Mischlingsdackel, den mein Opa, als sie noch ein junges Mädle war, meiner Mutter geschenkt hat. Das heißt, er holte das Fritzle aus dem Güllenfaß, in das ihn der Großonkel großmütterlicherseits eben versenkt hatte. Denn das Fritzle war der jüngste von dreizehn Geschwistern und damit der schwächste. Aber auch der Opa hatte zwölf Schwestern und Brüder gehabt, und deshalb hatte er Erbarmen mit dem Fritzle und zog ihn heraus. Furchtbar gestunken hat das Fritzle, und weil der Großvater ein vornehmer Mann war und nicht nach Güllenfaß stinken wollte im Wirtshaus, hat er ihn schnell meiner Mutter in die Hand gedrückt, und die hat ihn im Zuber gebadet. Mit Kernseife hat sie ihn abgeschrubbt, und dann hat sie das Fritzle auf die Ofenbank gelegt, wo er drei Tage und Nächte geschlafen hat. Dann ist er aufgewacht und hatte furchtbaren Kohldampf, und weil gerade Mittag war, hat er vom Tisch bekommen, Kartoffelbrei mit Bohnenkraut und Speck.

Und dabei ist es geblieben. Jeden Mittag hat das Fritzle mit den Leuten gegessen. Auf die Gaß hinaus konnte man ihn auch nicht lassen, denn dort hätten ihn seine Brüder und Schwestern totgebissen. Und weil das Fritzle immer unter Menschenvolk war und nie unter seinesgleichen, weil er Geschwätz und nicht Gebell hörte, weil er nicht Blutwurstdärme fraß und Sauhirn, sondern pikante Schweinsöhrle mit Rösti, wurde das Fritzle so schlau wie ein Bauer. – S isch wirkle wohr gsi, sagte der Großvater, damals waren die Winter im Dorf noch kalt, so kalt, daß den Kindern der Rotz auf den Backen gefror und die Volksschule von November bis Fasnet dichtmachen mußte. Wirklich, vom elften elften um elf Uhr elf bis zum Aschermittwoch hat früher im Dorf kein einziges Kind in die Schule müssen! Das lag daran, daß die Kinder der reichen Leute Taschentücher hatten und die der armen Leute nicht. Da haben sich die armen Leute zusammengetan und sind vor den Lehrer getreten und haben gerufen: Es ist unwürdig, daß unseren Kindern der Rotz auf den Backen gefriert! Das mußte der Lehrer einsehen, und von da an durften alle Kinder – auch die reichen, aber das war ungerecht – daheim bleiben in der guten Stube mit dem Kachelofen und zugucken, wie weihnachtsbrötlegroße Flocken in den Himmel hinaufstiegen. Über dem Dorf sind die Schneeflocken nämlich bis um zwölf Uhr mittags in den Himmel hinaufgestiegen, und erst danach sind sie wieder heruntergekommen. Damit sie herunterfallen, mußte der Mesmer in der alten Kirche heftig die Mittagsglocke läuten. Einmal, und ausgerechnet am Heiligabend war das, da hat der Mesmer das Läuten vergessen, weil seine Frau in der Küche schon den Schinken zubereitet hat und der Duft so köstlich war. Ja, und da ist am Abend dann kein Schnee mehr gelegen, keine einzige Flocke; alles war in den Himmel hinaufgestiegen, und die Wolken waren wie nasse Watte so schwer, und die Kinder weinten auf dem Weg in die Messe. Da gefroren ihre Tränen zu Schneeflocken, und sanft und flaumig rieselten sie auf die gefrorenen Lehmwege, bis alles voller Schnee war, von den Tränen der Kinder.

Unbeweglich hockte ich auf der Ofenbank und guckte Löcher in die zwei Strumpfhosen, die mir die Mutter übereinandergezogen hatte, eine rote und eine blaue. Es war Heiligabendmittag, der Schinken duftete aus der Küche, und auf dem runden Stubentisch lachten mir goldgelb die Ausstecherle entgegen. Ich war so gespannt, daß ich vergaß, hinzugreifen und mir welche zu nehmen. – Ja so, sagte der Opa, das Fritzle. S isch wirkle wohr gsi.

Mein mittlerer unterer Schneidezahn lokkert sich. Ich habe unten, weil der Kiefer für alle vier zu eng ist, nämlich nur noch drei Schneidezähne, die halbwegs gerecht verteilt sind. Schmerzlos und schier unmerklich, so langsam, steigt er aus seinem Bett auf. Ich will ihn zurückdrücken, aber es gelingt nicht. Obwohl ich mit dem Finger Widerstand leiste, erhebt sich der Zahn aus dem Fleisch und legt sich mir auf die Zunge. Ich nehme ihn heraus und versuche vergebens, ihn wieder in das Loch zu drücken. Mit der Zunge fahre ich über die salzige Wunde. Da spüre ich, wie Fritz über meine Hüften fährt. Mit beiden Händen, ich schlafe noch halb, dreht er mich auf den Bauch. Fritz dringt in mich ein. Er bewegt sich gleichmäßig und auf eine Art, von der ich weiß: Es kann lange dauern. Ich nehme die Schiene aus dem Mund und strecke mich hinüber zum Fenstersims. Dort lege ich sie zwischen die Bücher.

Nach einer Weile legt Fritz sich neben

mich. – Guten Morgen, sagt Fritz, es ist Freitag, der dreizehnte. – Nicht wahr, sage ich und öffne vollends die Augen. Draußen ist's noch dämmrig, entfernt summt der Verkehrslärm. – Vor drei Tagen war das. Als ich mit dem Chianti hierherkam und mir das Dosenfutter in der Fußgängerzone aufs Pflaster gewurgelt ist. Heute ist Montag, der sechzehnte. – Kurz vor halb neun, sagt Fritz. Er klettert auf die Leiter und nimmt ein paar der Bücher mit hinunter, aus denen wir uns den halben Sonntag lang vorgelesen haben. Fritz hat, was Bücher betrifft, einen anderen Geschmack als ich. Bei ihm muß es ausladend sein. Er verträgt auch nichts, das kein Happy-End hat. Am liebsten sind ihm lange, tragische Romane, die das Schicksal ganzer Generationen abspulen, und nach sechshundert Seiten geht alles in Minne auf. Thomas Mann zum Beispiel. Im Moment sind wir, schon zum zweitenmal, bei den satten tausend Seiten des *Zauberbergs,* auf Seite 781 bei dem Satz: Auch stellte sein Behagen sich völlig wieder her, als die dampfende Speise auf mehreren Platten erschien, kanariengelb und grün gesprenkelt, einen weichlich warmen Duft von Eier und Butter im Zimmer verbreitend.

Weder solche Speisen noch solche Sätze sind mir wahrhaft bekömmlich, und dieser kränkliche Hans Castorp geht mir auf die Nerven. Allerdings, da ich für diese Dinge ein gutes Gedächtnis habe, kenne ich ganze Dialogpartien auswendig, sogar die französischen – vergleiche Seite 468 folgende –; und von sowas lassen sich humanistisch beflissene Klienten immer wieder herb beeindrucken.

Die Bücher, die Fritz schätzt, sind das genaue Gegenteil seiner Musik. Mir dagegen sind Prosafetzen und moderne Gedichte näher. Ich mag Wörter, die einen Raum öffnen; und darin versteht Fritz mich wieder. Gestern las er mir *Corona* vor, mein Lieblingsgedicht von Paul Celan, und er las es so schön, daß ich dachte: Es ist unmöglich, daß Fritz diese Verse nicht versteht. Aber sobald er etwas über sie zu sagen versucht, ist es, als nähme er Beil und Hammer. Ich rede auch nicht über meine Musik, sagt Fritz, es genügt, wenn ich sie mache.

Ich höre, wie Fritz den Ofen anwirft, wie er Frédéric besänftigt und Kaffeewasser aufsetzt. – Es ist Zeit, zitiere ich; die letzte Zeile des Corona-Gedichts. – Es ist höchste Zeit, ruft Fritz, als der Kessel dampft. Ich krieche in meine Wäsche. Wir haben uns hier oben ein Lager gebaut: Überall liegen Nüsse herum, leere Nußschalen. Die Weinflasche ist unten in die Matratze geklemmt, daneben, in der Ecke des Bettes, Brotkrumen und der Käseteller. Der Gouda biegt seine Ränder nach oben, braungrüne Schimmelkäsebrokken vertrocknen. Dazwischen, am Bettrand, meine Kleider, ein Lesebuch mit Texten von der Bachmann, bekritzeltes Notenpapier. Gestern kam Fritz, während ich ihm vorlas, plötzlich ins Komponieren. – Was fällt dir ein, fragte ich und stockte. – Ein Requiem, sagte Fritz. Anlehnt an die d-moll-Sache von Mozart. Er hat sie ja nicht vollenden können, und da fiel mir eben etwas ein, zu den ersten acht Takten des *Lacrimosa;* es gibt ja nur diese acht Takte, stell dir das vor. – Ist es fürs Quartett? – Wir werden's am Freitag spielen.

– Mußt du arbeiten? frage ich Fritz, während ich in meinen verknautschten Sachen die Leiter herunterklettere, das Papier in der Hand. Fritz greift nach den Blättern und legt sie aufs Klavier. Zum Korbstuhl hat er einen Hocker gestellt. Ich weiß nicht wie, aber er hat in diesen paar Minuten frische Brötchen hergezaubert. Auch eine Brezel und ein Käsweckle für mich. – Gehörig, sagt Fritz. Es bezieht sich auf die Menge seiner Arbeit.

Morgens redet er nicht ungern, aber wenig. Er braucht lange, um auf eine Frage die passende Antwort zu finden. – Willst du duschen? – Nein. Um zehn kommt der erste Klient. Fritz hat seinen verfleckten Jogginganzug an. Das heißt, er will gleich komponieren.

In der Straßenbahn bin ich noch warm von Fritz. – Wie willst du denn ein Requiem für ein modernes Jazz-Quartett schreiben, habe ich ihn beim Kaffee gefragt. Solche Fragen kommen immer, wenn ich spüre, daß Fritz sich von mir löst. Fritz schwieg, und dieses Schweigen klingt nach und kühlt mich ab, meinen Bettgeruch, den Geruch nach Liebe und Nüsse und Fritz; ich rieche ihn nicht mehr, ich werde hineingeschleudert zwischen die Leute, die sich um mich herum drängeln. Der Alte etwa, der schräg über mir aus dem Maul stinkt. Er hat seine Haare nach vorne gekämmt, auf eine Weise, die mich beängstigt, weil ich in ihr einen Hang zum sozialen Abstieg spüre, oder einen schon erfolgten sozialen Abstieg, und gleichzeitig mit der Not die Angst und den Haß und den Ekel davor. Der Alte ist noch nicht wirklich alt, und sein Elend ist noch kein wirkliches Elend; aber seine spärlichen, sorgsam und mit Wasser nach vorn gekämmten Haare, so penibel nach vorn gekämmt, daß man die Furchen des Kamms darin sehen kann, gemahnen an die Unausweichlichkeit dessen, was kommen wird.

Schon will ich mich davon hinabziehen lassen, da fällt mir ein, daß ich geträumt habe von einer Hochzeit ganz in Weiß. Diese Hochzeit fand in einem Dorf statt, das nicht meins war. Das Kleid, schneeweiß, mit Schärpe und Schleier, hing über einer fremden Stuhllehne, es war eine Hochzeit ohne Bräutigam. Den Saum haben sieben Jungfern getragen, und so sind wir in eine Kirche eingezogen, die prunkvoller war als der Petersdom. Sie haben eine Messe gesungen. Das Agnus Dei war von einer Klarheit, von der Reinheit aus Flocken und Engelszungen. In einem höhlenartigen Nebenraum gab es später ein Festbankett, und als wir zur Heiligen Wandlung schritten, da wehten die Düfte schon aus der Sakristei herüber. Nach Sauschwänzen roch es und nach Metzelsupp wie am Schlachttag, wenn der Opa in der Gummikutte nach dem Ferkel griff, und dann ist das Blut gespritzt. Rühr, Annale, rühren mußt du. Damit die Blutwurst sämig und heiß in den Darm rutscht, damit das Blut noch pulst, Anna, das Sauenblut. Schlachttag ist, und du mußt rühren, Anna, der Sau mußt du deinen Puls verleihen, dem Blut, beim Rühren den Puls, pulsieren muß sie, die Blutwurst, das ist das Geheimnis einer jeden guten Metzg.

Und schon hat sich der Liebe Heiland auf dem Altar in eine quiekende Sau verwandelt. In den Armen des Pfarrers, der eben noch die Hostie in die Höhe hob, liegt ein Ferkel, das quietscht vor Vergnügen. *Dies ist mein Leib, den ich für euch hingegeben habe.* Der Pfarrer hebt einen Eimer mit Sauenblut in die Höhe: *Dies ist mein Blut, das ich für euch vergossen habe.*

Auf dem Anrufbeantworter in meiner Waschküche warten vierzehn Anrufe. Vierzehn Leute, die sich zu Tode langweilen und dringend um einen Rückruf bitten. Leute, denen das Fest im Nacken sitzt, die sich vor der Leere retten müssen, vor ihrer Familie. Es ist wahr, ich habe Hochkonjunktur. Weihnachten ist mein ganz großer Auftritt. Nie regnet so der Mammon auf mich herab. Manche würden ihr letztes geben, um dem Bevorstehenden zu entkommen. Dabei lasse ich sie niemals im unklaren darüber, daß ich gegen ihr tieferes Elend nichts machen kann. Ich kann ihnen nur helfen, so zu tun, als sei darüber hinwegzukommen, über den Abgrund des Alltags und der Feierlichkeit. Nach vierzehn Anrufern ist das Band abgespult: Wie viele haben's vergeblich versucht? Im Schnitt wurde zwei Minuten gesprochen. Eine Frau, die jetzt und sofort Hilfe braucht, erzählt mir ihr halbes Leben. Daß sie Hilfe braucht, das hört man. Ich werde sie weitervermitteln an die Telefonseelsorge, ich rufe sie gleich an, aber es ist dauernd besetzt.

Der erste Klient sitzt schon im Wartewohnzimmer. Im falschen Marmorbad parfümiere ich mich; jammerschad ist's um die Düfte der Liebe, die für einen wie Herrn Meyer-Stein aber deutlich zu stark sind. Herr Meyer-Stein erscheint bisweilen mit Gattin, und daß er heute allein kommt, heißt, daß sie mal wieder auf Entzug ist. Denn zum Fest, wenn die Verwandtschaft kommt (von Reitzenstein, alter Adel), muß sie die Fassade kitten; aber hier ein Schlückchen und da ein Schlückchen, und schon kippt sie wieder vom Stuhl.

Herr Meyer-Stein begnügt sich mit einer eigens für den Gattinnengeschmack zusammengestellten Auflistung der Kirchenkonzerte. Außerdem habe ich, für ihn und die ganze Sippschaft, ein Weihnachtsmenü entworfen mit siebzehn Gängen. Es soll von zwölf bis zwölf gefressen werden, aber immer nur häppchenweise. Meyer-Stein überfliegt im Stehen die Liste und runzelt die Stirn: – Keine Schnecken? – Keine Schnecken, erwidere ich, wenn Ihnen danach ist, dann schlucken Sie bitte einen Radiergummi. Er kichert: – Und Tintenfisch? Jetzt wartet Meyer-Stein darauf, daß ich den Witz mit einem Präservativ wiederhole, aber den Gefallen tu ich ihm nicht. Natürlich weiß ich längst, daß der Mann einfach schwul ist, und das ist sein Problem. Beziehungsweise das seiner Frau. Nicht die Leere. Nicht die Freizeit. Wenn Herr Meyer, eingeheirateter von Reitzenstein, einmal im Leben seine sozialdemokratische Gesinnung vergäße und einen minderjährigen Jüngling so richtig ordentlich hernehmen würde, dann ginge es seiner Familie besser. So mache ich den Vorschlag, daß er, solange seine Frau noch in Kur sei, einmal in jenem Nachtlokal vorbeischauen solle, von dem ich weiß, daß dort solche Jüngelchen diskretest getarnt verkehren. Und Diskretion hat Meyer-Stein bitter nötig, bis er endlich sich und die Menschheit erlöst. Er weiß wohl, wie tief mir sein Leiden geht; jedenfalls zahlt er mit zwei blanken Fünfhundertern. Natürlich habe ich ihm vorgegaukelt, ich hätte das Menü vorher selber ausprobiert; für vier Personen, denn darunter stimmten die Proportionen nicht. Das leuchtete ihm ein. Wenn es wahr wäre, käme der Rest quasi zum Selbstkostenpreis.

Der Nächste bitte ist Frau Dr. Blank. Sie heißt nicht nur so, sie ist es auch. Auf den Trick mit dem Weihnachtsmenü ist sie ebenfalls reingefallen. Was ich bei ihr allerdings bitter bereut habe. Denn es wurde eine Art Integralrechnung draus. Frau Dr. Blank legte mir einen Computerausdruck mit den Speisewünschen und Unverträglichkeiten ihrer ganzen zwanzigköpfigen Familie vor. Und für das Ergebnis der Recherchen wollte sie nicht mehr als einen Blauen blechen. Pauschal. Na gut, ich hab's gemacht. Ich stellte Soßen zusammen, die zugleich pikant und salzarm waren, gab allem schöne Namen, etwa: *Sopa de feijão verde à l'oignon.* Hinter diesem portugiesisch-französischen Mischmasch verbirgt sich Mutters schlichte Grünebohnen-Suppe, die mir, weil so viele halbgare Zwiebelstücke darin herumschwammen, früher arg suspekt war. Mein Bruder mochte auch keine gedünsteten Zwiebeln; also versuchte ich eine Weile lang, ebenfalls keine zu mögen, es gelang mir aber nicht. Schon als Kind liebte ich Zwiebeln gebraten und gesotten, und ich liebte die lateinische Sprache, die mich heute noch befähigt, in sämtlichen romanischen Zeitungen die Wettervorhersagen zu verstehen. Auch mit Speisekarten komm ich zurecht. Beides zusammen macht mich zum idealen Frankreich-Urlaubspartner, auch nach Spanien oder auf die Kanarischen Inseln lasse ich mich bisweilen von einem seriösen Klienten mitnehmen.

Frau Dr. Blank legt voller Bedenken den Kopf schief. – Woher können Sie das eigentlich alles? – Menüs zusammenstellen? Ooooch, sage ich leichthin und fast wahrheitsgemäß, meine Mutter war Chefköchin in der Diätküche eines Feinschmeckerlokals. Da gibt mir die Blank endlich den Hunderter auf Quittung. Die arme Frau. Sie kann nur mit Professoren und mit Adligen, und das ruiniert sie finanziell. Dem letzten Liebhaber, dem pensionierten Leiter einer Krebsklinik, hat sie ein Häusel an der Algarve hingestellt. Als sie ihn dort besuchen wollte, war er nicht da. Statt dessen seine Tochter, die mit fünf weiteren Meta-Freaks das Küstendörfchen tyrannisierte. Den Hundertelf-Seelen-Bürgermeister hatten sie abgesetzt, weil sie beweisen konnten, daß der, um dem Tourismus zu schaden, eine Pipeline angebohrt und teuren Treibstoff ins Meer geleitet hatte. Nun wurde das Dörfchen von der nächsten Kleinstadt aus regiert, und überall schossen die Bungalows und Strandhotels in die Höhe. Das haben wir nicht gewollt, sagte die Tochter des Krebsklinikleiters, die weinend tote Fische aus dem Meer zog. Auf dem Dach des Häusels hatte sie die Fahne der Deutschen Demokratischen Republik gehißt; und Frau Dr. Blank blieb nichts übrig, als die Tochter und deren Freunde zu trösten.

– Gehen Sie schwimmen, sage ich Frau Dr. Blank zum Abschied, weil ich weiß, daß ihr das Freude macht. Sie will, daß man sich um ihre Gesundheit sorgt, und manchmal kann ich Geschäft nicht mehr von Gefühl unterscheiden und sorge mich wirklich.

Ich nehme Kathy dazwischen, weil ich mit der in meiner Klinikküche ein Täßchen Mokka trinken kann. Kathy kommt aus irgendeinem nordamerikanischen Kaff, das Stuttgart heißt, vielleicht liegt's in Texas, ich weiß es nicht mehr. Kathy redet nie darüber. Als sie dreizehn war, hat man sie in ein Internat in der Ostschweiz gesteckt, und seither ist es schwer festzustellen, ob ihr breites Sankt-

Gallerisch vom Texanischen herrührt oder nicht. Nun wird sie von ihrer Familie dafür bezahlt, daß sie ihr Studium nicht abschließt. Denn in Stuttgart wartet ein Mann auf sie, der derzeit noch bei der Army ist, das heißt, er genest von den Folgen eines Irak-Angriffs. Er ist jung, er ist schön, und er gehört zur selben Sekte wie Kathys Eltern. Jeden Tag geht es ihm schlechter, und da Kathy ihn vor der Hochzeit nicht sehen soll, wird es noch eine Weile dauern.

Das ist Kathy recht, denn sie hat sich in einen postmarxistischen Privatdozenten verliebt, den sie einmal in der Woche für zwanzig Mark mit in ihr Bett nimmt. Die zwanzig Mark zahlt natürlich Kathy; als kleine Anerkennung, wie sie meint. Nun sitzt sie da mit verschmiertem Make-up: – Er chunnt. Was sett i au mache? Arme Kathy. Der Soldier wird sie mit nach Stuttgart, Texas, nehmen, und dort wird sie versauern. Ich stelle Kathy den Mokka hin und daneben einen Kognak. – Bisch liab, flüstert sie und kippt das Zeug hinunter.

Seit ich vor drei Jahren mit dem Job angefangen habe und nach und nach ins Geschäft hineingewachsen bin, habe ich folgendes begriffen: Immer nur geht's um Liebe und

Tod. Wenn die Menschheit das kapieren würde, wären Leute wie ich überflüssig. Dann würde sich jeder in der Freizeit endlich mit dem beschäftigen, was wirklich ansteht, und wäre restlos ausgefüllt. Um meine Klientel treffsicher beraten zu können, suche ich gezielt nach dem individuellen Schmerzpunkt eines jeden einzelnen. Nichts einfacher als das. Fast allen Kunden liegt ihr Elend, wenn sie mich und meine vier Wände sehen, alles schnieke, alles top, spontan auf der Zunge. Schwere Fälle überweise ich an die Freudianer, die fünfhundert Meter weiter oben am Hang in einer Villa thronen. Ich habe dafür einen Blick. Noch nie hat sich einer meiner Stammkunden vor Langeweile oder Überdruß das Leben genommen. Wobei gegen Selbstmord abstrakt nichts zu sagen ist. Nur bitte nicht unter meinen Klienten. Denn vor dem Tod sind sie schließlich auf der Flucht, und ich soll sie schützen. Ich bin ein falscher Prophet des Glücks; auf mir lastet die Verantwortung, daß sich alle meine Schäfchen gut amüsieren.

– Du hast nie gelernt, an dich zu denken, sagt Fritz: Im Grunde hast du deine Christusmentalität noch immer. Das Helfersyndrom, nur diesmal mit Lack überzogen und modisch verpackt. Du nimmst das Leiden der Menschheit auf dich, und nachdem das gegenwärtig die Langeweile ist, versuchst du's damit. Du bist ein hoffnungsloser Idealist. Und weil du dich dessen schämst, tust du so, als ging's dir ums Geld. Was würdest du machen, wenn du einmal das tun könntest, was du willst? – Ich weiß nicht. – Eben, sagt Fritz. Ich liege aufgebahrt im Zahnarztsarg und spüre die Schalheit der Spritze neben dem beständigen Röcheln des Absaugers. Um mich abzulenken, lasse ich Fritzens edelste Sätze passieren. Er sieht mich zu positiv: Das ist das Unfaßbare an Fritz. Sein Glaube, ich sei ein guter Mensch, ist durch nichts zu erschüttern. Das, und nur das, bewahrt mich davor, zum Zyniker zu werden oder depressiv. Fritz weiß, daß mir das Leben keinen Spaß macht. Deshalb tut er so, als sei ich ein Engel, und das hält mich aufrecht.

– Am Zweier alles in Ordnung? Kariöse Stellen? Beläge? Bitte zunächst Zahnstein entfernen. Der Salzstrahler fährt mir in die Rezessionen, mein Mund schmeckt nach ziehendem Meer, nach den Tränen, die ins Meer fallen; – Mensch, jetzt fangen Sie mir bloß nicht an zu heulen, sagt die Dentistin. Doch wo wäre ein geschützterer Ort, einmal dem inneren Schmerz nachzugeben, als in diesem Zahnarztsarg? Die Spritze wirkt, und mit ihr steigt die Betäubung. In die Anspannung mengt sich eine Schwere, und als der Doktor mir den oberen Dreier aufbohrt, da sehe ich die Strahler hinter den Lidern als Himmelsgestirne. Ich werde Fritz am Freitag auf die Tour begleiten.

Beim Aufstehen zittern mir die Beine. Die Dentistin nimmt sich den Mundschutz ab. Darunter hat sie zimtrot die Lippen geschminkt, und der Mundschutz sieht innen aus wie zerlaufene Schokolade. Jedesmal will ich ihr sagen, daß sie von mir aus das Ding nicht braucht. Ich hab kein Aids und auch keinen Herpes. Jetzt gibt sie mir ein Kärtchen: In zwei Tagen soll ich wiederkommen. Man hätte, sagt mir ihr tuschierter Blick, die Schose in einem Aufwasch erledigt, aber Sie haben ja keine Nerven. Vielleicht, überlege ich, trägt sie den Mundschutz, damit sie beim Saubermachen nicht sabbert.

Nun muß ich mir etwas gönnen. Der Zahnarzt legt bei mir eine Urangst frei, die sehr früh in der Kindheit verwurzelt sein muß. Jedesmal nehme ich mir vor, durchzuspielen, daß der Doc ein intimes Verhältnis mit mir habe. Ich stiere seine halbgeschlossenen Lider an und bin wild entschlossen, sie schön zu finden. Dann fällt mir der Aufdruck auf an seinem Polohemd, und jede mühsam erzwungene Attraktivität ist flöten. Mit Männern wie dem da könnte ich nicht; und Tausende von Frauen machen täglich in ungezählten Stühlen die gleiche Erfahrung.

Aus einer Telefonzelle rufe ich Fritz an. Ob ich ihm etwas einkaufen solle? – Danke, das ist lieb, sagt Fritz. Er klingt höflich und distanziert, wie immer, wenn man ihn aus einer Arbeit herausreißt: Ich brauche nichts. – Und morgen, frage ich. – Morgen ja, sagt Fritz, das Übliche. Das Übliche sind Katzenfutter, Rotwein, Käse und Brot. – Was Frisches, schlage ich vor. – Wir gehen essen, erwidert Fritz. – Morgen, frage ich. – Oder heute, sagt Fritz, morgen ist Probe, hol mich ab.

Bis um halb acht sind es noch knapp viereinhalb Stunden. Bis dahin ist bei mir montags normalerweise Dauerbetrieb. Denn nachmittags haben die Geschäfte geschlossen, der Termin liegt für Kreativfrisöre und Metzgermeister sehr günstig. Zwischen halb fünf und Betriebsschluß habe ich auch heute noch vier Klienten zu betreuen. Vorher mache ich einen Abstecher ins *Bisz*, einer Art

Drei-Tage-Bar bei mir um die Ecke, in der es fast rund um die Uhr Sektfrühstück gibt. Kürzlich wurde von einem Auto aus ins *Bisz* hineingeschossen; den Durchschuß sieht man spinnennetzförmig im Fenster. Obwohl Mitternacht war und stockvoll, wurde keiner verletzt. Trotzdem klagt Charlie über fallenden Umsatz: Seit Aids ist's zwar schick, in Schwulenbars zu saufen, aber abknallen lassen will sich keiner.

– Ich mach dir 'ne Suppe, sagt Charlie, als er mein Gesicht sieht, das noch taub ist und geschwollen, Hühnerbrühe mit gestocktem Eichen. Spielt Fritz heute nacht? – Ich weiß nicht, kann sein. – Wär gut, Charlie seufzt und besieht sich seinen leeren Laden. – Er spielt, sage ich. Aus meiner Tasche krame ich die Veranstaltungskalender des Kulturamts, der Sportstätten und des Konzertbüros, die ich unterwegs eingesackt habe. Sie decken das ganze erste Quartal des nächsten Jahres ab. Außerdem habe ich mir am Kiosk zwei Zeitungen gekauft; ich muß schließlich wissen, wie das Theater besprochen wird. Da ich selbst niemals hingehe, wäge ich bei meinen Empfehlungen stets mehrere Kritikerurteile sorgsam gegeneinander ab, um so zu einer neuen, phantasievollen und gänzlich unabhängigen Einschätzung zu gelangen. – Sie sollten Feuilletonistin werden, entfährt es Meyer-Stein immer wieder. Er verspricht mir, bei seinem Freund Kublitz dafür zu sorgen, daß ich eine Freie-Mitarbeiter-Stelle bekomme, aber für solche Spirenzchen hab ich keine Zeit.

Für den Rest des Nachmittags passiert nichts Besonderes mehr. Zwei Klienten sind neu; aber beide, das seh ich, werden nur einmal kommen. Zwischendurch klopfe ich telefonisch Termine ab. Es läuft wie geschmiert. Mir fällt die Dame wieder ein, die auf dem Anrufbeantworter so grausig geklagt hat, bei ihr ist immer noch besetzt. Wenn sie morgen nicht abnimmt, werde ich hinfahren müssen. Die Vorstellung, daß sie soeben die Klinge wetzt, um sich damit die Pulsadern aufzuschneiden, bringt mich dazu, sofort im Telefonbuch zu blättern. Sie steht nicht drin. Wahrscheinlich steht ihr Mann drin oder ihr Onkel oder ihr Vormieter aus der zehnköpfigen WG. Wenn ich die Adresse herausbekommen will, muß ich das ganze Telefonbuch durchpflügen, von A. A. Finanzverwaltungs- und Betriebsberatungs-GmbH bis ZZ-Wohngemeinschaft; es ist nicht das erste Mal. Wenn du Adressen brauchst, dann hilft dir keiner, beim Selbstmord ist das Individuum datengeschützt.

Aber, das weiß ich aus Erfahrung, sie wird sich so schnell nicht umbringen, sie wird ihren Freundinnen vorjammern und ihrem Geschiedenen, und dann hat sie eine Telefonrechnung von zehntausend Mark. Sie muß einen Kredit aufnehmen, den sie natürlich nicht abgestottert kriegt, der Gerichtsvollzieher kommt ins Haus, es folgt die Pfändung, der Schmuck ist weg, das Auto; weil sie aber ohne Auto nicht leben kann, wird ein zweiter Kredit aufgenommen, diesmal über den Bruder, dem sie damit die Steuer an den Hals hetzt, der Bruder flippt aus, die Frau kommt wieder ins Telefonieren, das Telefon wird abgestellt, das Wasser, man hängt ihr eine Räumungsklage an und ein Betrugsverfahren. Nur der Fernseher, der bleibt ihr, und davor sitzt sie zuletzt, in ihrem abgeschabten Pelzmantel, in der eiskalten Bude ohne Heizung und säuft billigen Weinbrand.

Es fällt mir schwer, den Freitag und den Samstagmorgen freizuhalten. Ich muß die Termine so zusammenpferchen, daß mir nur Zeit für eine Maniküre bleibt. Da meine Nägel sehr leicht brechen, ist das in der Woche zuwenig. Aber ich will unbedingt mit auf die

Tour. Wenigstens zu dem einen Konzert, das am Freitag in Saarbrücken ist. Wenn Fritz ein neues Stück hat, dann bin ich meistens dabei. Verdammt knapp wird es werden mit dem Requiem, aber Fritz Kobler liebt solche Ochsentouren, und seine Musiker sind geschult und halten durch. Dann wird wie irre improvisiert, und häufig sind solche chaotischen Premierenmitschnitte viel besser als später die Aufnahmen im Plattenstudio.

Erst jetzt, wo es wieder dunkel ist, bemerke ich, daß es den ganzen Tag nicht richtig hell wurde. Es ist einer jener dauertrüben Tage gewesen, bei denen man unterschwellig glaubt, nie wieder wahrhaft wach zu werden. Aber bewußt wird es einem erst, wenn man vom rabiaten Einnachten aus seinem Tran gerissen wird und erkennt: Nichts währet ewig, auch der graueste Tag hält einen Einschnitt bereit. Während ich voller Einverständnis mit meinem Gedanken bin, lausche ich den Klagen meines letzten Klienten. Wie die Mehrzahl meiner Fälle ist er männlich, doch nimmt er's schwerer als die andern. Mit nichts kommt er zurecht, mit überhaupt nichts; und ich frage mich, wie er zum Art Director des beliebtesten Stadtmagazins avancieren konnte. Das ist zwar nicht viel, es bedeutet, hie und da in einem drittklassigen Softporno mit Lokalbezug ein Lay-out-Schnipselchen anbringen zu dürfen, aber immerhin, Claus-Peter, andere stehen auf der Straße, nicht wahr. Die Schlangen vor den Arbeitsämtern, die du – noch! – auf Hochglanz ästhetisch abbilden darfst, werden jeden Tag länger. Wer wie du aus Sachsen kommt, der sollte sowieso seinen Mund nicht so voll nehmen. Sonst kann es passieren, daß er hau ruck! einen Kopf kleiner ist, oder was hast du bei den Stalins gelernt.

– Weeßte, sagt Claus-Peter nun, meine Frau, die hat wenigstens noch den Julian. Mit dem ist sie Tag und Nacht zugange. Und am Wochenende hat sie nicht mal mehr Lust auf 'ne Ausstellung. – Hilfst du ihr im Haushalt? – Klar. Ich bringe den Müll raus. Ich hole die Zeitung. Ich koche. – Wie oft? – Einmal die Woche. – Einmal die Woche? Ich ahne das Problem und erkläre rundheraus: Deine Frau ist überarbeitet. – Meinst du? fragt Claus-Peter, ehrlich von den Socken, aber sie arbeitet doch nur halbtags. Ich beende das Gespräch mit der Bitte, er möge mir seine Else herschicken. Ich werde sie von der Unlust an der Kultur schon befreien. Claus-Peter strahlt. Das Telefon klingelt: Fritz will, daß wir uns gleich in der Kneipe treffen. Er hat seit dem Frühstück nichts gegessen und Hunger.

Wir treffen uns bei einem Griechen am Altstadtrand, der von beiden Wohnungen gleich weit entfernt ist. Dort sitzen wir oft. Weil wir die Wiederholungen schätzen, die Zuverlässigkeiten des Rituals: Wie viele der Gäste. Von den meisten wissen wir nichts. Höchstens soviel, das da ist ein gewesener SPD-Stadtrat mit Dauerfreundin, die dort ist Buchhändlerin, der hier Arzt und der am Tresen heißt Hermann. Und die alle denken jetzt von uns, dort sitzt der Kobler mit seiner Freundin. Es macht ihnen Vergnügen, uns wiederzuerkennen, den stadtbekannten Jazzer und sein Frauchen, das sie immer noch für eine kleine Studentin halten. Man kann es ihnen zehnmal sagen, ich bin fertig, und beim elften Mal fragen sie wieder: – Was macht das Studium. Sie wollen, wie wir, keine Veränderung.

Fritz sieht bleich aus wie immer. Seine Augen liegen tief in ihren Höhlen. Wie er mit leicht gesenktem Kopf am Tisch sitzt und in sein Mineralwasser stiert, kann man den Umriß seines Schädels erkennen. Seit dem Sommer fallen ihm die Haare aus, er hat sie schneiden lassen, und man kann sehen, wie mager sein Hals ist. – Wie geht's, fragt Fritz, läuft das Geschäft? – Prima, sage ich. Der Kellner, den wir zu viele Jahre kennen, um ihn nach seinem Namen zu fragen, drückt mir strahlend und fest die Hand. Wir bestellen beide einen Demestica und Lamm mit Gemüse. Fritz weiß um meine finanzielle Situation: Nach dem Tod der Mutter bin ich ausbezahlt worden, und alles floß gleich ins Studium, in die Anzahlung für die Eigentumswohnung und in die Klunker aus Platin. Jetzt stecke ich bis zum Hals in Schulden, und mein einziges Kapital bin ich. – Es muß, sage ich. (Aber Anna, wer wird schon wieder weinen.) Ich schlucke die aufsteigenden Tränen hinunter und hebe schief lächelnd mein Glas: Prost, Fritz.

Als das Lamm kommt, hat Fritz keinen Hunger. Er stochert auf seinem Teller herum. – Aber du wolltest doch essen. Wenn du so hart am Schaffen bist, mußt du auch essen. Fritz stochert weiter und legt die Gabel beiseite: – Gleich. Erzähl mir erst, was ist. So ist Fritz: Wenn er merkt, daß mich etwas bedrückt, dann hat er keinen Hunger. – Ach nichts. Es ist nichts. Oder besser, ich habe den ganzen Tag nicht gemerkt, daß etwas ist. Dabei war schon in der Straßenbahn etwas (– Was war in der Straßenbahn?). – Ja nichts, eigentlich nichts, nur ein Mann, der hatte sich die Haare so komisch nach vorne gekämmt, daß ich gleich an den Tod denken mußte. (– An den Tod?) – Den ganzen Tag habe ich an den Tod gedacht. Immer nur an den Tod. Wahrscheinlich ist das Wetter schuld, diese Trübnis, das hält doch kein Mensch aus, verstehst du das, dieses graue Licht, immer muß man die Lampen anlassen, die Neonstrahler, die ganze Zeit unterm Neonstrahler, und dann auch noch beim Zahnarzt. Nein, er hat mir den Weisheitszahn noch nicht gezogen, sonst säß ich nicht hier; das tut er am Mittwoch, der Zahn muß raus, sagt er, weil der Kiefer zu eng ist, vor Jahren schon hätte man ihn ziehen sollen. Aber so ist es eben, wenn man vom Dorf kommt, da verpfuschen sie einem alles.

Halbzerkaut schlinge ich das Lamm hinunter und stürze den Rotwein hinterher. Fritz, der ahnt, was kommt, ist sprachlos und wartet. – Ich kann die Leute nicht mehr vertragen, verstehst du, ich halte sie nicht mehr aus. Sie sind so tot, so taub und tumb und abgestumpft. Denen würde das beste Programm nicht mehr helfen. Sie leben nur noch, um die

Bürostunden abzusitzen, ihre Verwandtschaft zu quälen und ins Leere zu gucken. Manche haben nicht mal mehr einen, der sie dabei beobachtet. Da faulen sie vor sich hin, und keiner merkt es, und keiner sagt ihnen, dein Gesicht wird faltig.

Solche Leute kommen zu mir, Fritz, von morgens bis abends, die mich vollplärren mit ihrem Elend, und es ist immer das gleiche: unausgefüllt im Beruf, keine Aufstiegschancen, kaputte Ehe, Scheidung. Undankbare Kinder, erwachsene Kinder, keine Kinder. Ein abgebrochenes Studium, böse Schwiegerleute, Erbschaftsstreitereien. Hie und da mal ein Verkehrsunfall, Geldsorgen und Krankheiten, Krankheiten. Der Bruder ist krank, die Mutter liegt im Sterben, seit Monaten meistens, aber die Alte will nicht, die Schwester hat multiple Sklerose, das Altersheim schluckt Geld, und daheim ödet einen der Mann an oder die Frau. Man geht fremd, der Fremde will unterhalten sein, vor lauter Unterhaltung gibt's Orgasmusschwierigkeiten, man rennt zum Gestalttherapeuten, ins Thermalbad; die wissen doch gar nicht mehr, wo ihnen der Kopf steht, die Leute. Statt daß sie sich vor lauter Langeweile mal hinsetzen und sich still und leis sagen: Auch ich bin nur

Gast dieser Erde, und deshalb mach ich ab jetzt weniger Verpackungsmüll und laß ab von diesem Riesenkaufhaus.

Fritz sagt: – Aber du hast für das alles eine Zärtlichkeit. Das nimmt mir den Atem. – Was, rufe ich, weißt du, was ich mache? Ich erfinde diesen Leuten Geschichten. Um sie auszuhalten, nehme ich das, was ich weiß, und erfinde ihnen dazu Geschichten. Das ist der einzige Weg, wie ich nicht verrückt werd bei dem Job. Vielleicht bin ich's schon. Immer höllischer muß ich aufpassen, daß ich mich nicht verplappere. Andere fressen Pillen und schnupfen Kokain, und ich erfinde von morgens bis abends Geschichten. Das ist doch nicht normal. Ich bin schon gar nicht mehr auf der Erde dabei. Was mir fehlt, ist der Boden unter den Füßen.

– Den haben andere auch nicht, sagt Fritz. Der Kellner räumt die Teller ab – Fritz hat kaum gegessen –, nimmt mein Glas mit und bringt mir, ohne zu fragen, ein neues. – Mir egal, sage ich, mir scheißegal. Ich bin auf dem Land aufgewachsen, da ist man erdverbunden, das klingt jetzt blöd, doch es ist so. Ich komm mit diesem Herumschwirren nicht zurecht. – Aber das ist nichts Besonderes, erwidert Fritz, solang du weißt, was wahr ist und was du erfindest, ist alles in Ordnung. – Aber das weiß ich schon manchmal nicht mehr! Ich schlucke. Ein Leben wie das von Meyer-Stein oder der Blank ist so trostlos, daß mir nicht mehr bewußt ist, wann ich anfange zu phantasieren. – Du hast ein gutes Gespür für Menschen, sagt Fritz, wenn du zum Beispiel meinst, daß Meyer-Stein schwul ist und pädophil, dann ist er das auch. Fritz meint es gut, und ich muß ihn jetzt küssen: – Spielst du nachher im Bisz?

Dort drängen sich, trotz Einschußloch, die jungen Eroten bis zum Eingang. Eigentlich stehen sie gar nicht auf die Musik, die Fritz Kobler gern macht. Deshalb reißt der sich etwas am Riemen und macht auf gefällig. Das kommt gut an, und Charlie ist ein feiner Kerl, er kann die paar Biere mehr brauchen. Vor ein paar Wochen ist sein Freund von der Bildfläche verschwunden, Aids, sagen vorlaute Zungen; wir aber wissen, er hat ein Stipendium in der Villa Massimo. Charlie ist stolz und sehr traurig. Die Schwulenszene in Rom soll nicht übel sein. Habt ihr gegessen, fragt er. Da wir bei ihm nicht bezahlen dürfen, wollen wir ihm die Haare nicht vom Kopf fressen. Charlie bringt uns grundsätzlich Steak und frische Meeresfrüchte, weil er weiß, wie arg mir das schmeckt. Und wenn es viel gibt, dann kann ich viel essen! Man sieht es mir an.

– Ich komm mit auf Tournee, Fritz. Er guckt verwirrt: – Gehst du nicht in den Schwarzwald? – Hinterher, doch. Nach Frankreich müßt ihr alleine. Ich komm nur mit nach Saarbrücken. Schließlich hab ich bis zum Heiligabend Klienten, und dann muß ich zur Familie, und die Einkommenssteuer ist nicht gemacht. O Gott, die Einkommenssteuer. Mit nichts werde ich mehr fertig. – Dir sitzt der Schwarzwald im Nacken, sagt Fritz. Er setzt sich ans Klavier, wirft den Mantelschoß über den Schemel, als wäre es ein Frack. Er fängt an mit ein paar Takten John Coltrane, die er aber sogleich abwandelt in etwas eigenes. Fritz kann sich alles zum Anlaß nehmen, ob's nun Schubert oder Chopin ist. Immer wird Jazz daraus, und immer hat der eine unverkennbar Koblersche Note.

Die Eroten plappern weiter, über die Hintern der Barnachbarn, drei Stehplätze entfernt. Der Qualm und ihre Stimmen geben ein gutes Ambiente.Ich bewundere Fritz: Er schafft den Dingen einen Raum. Wie von selbst bringen die Takte immer neue Themen hervor, öffnen auf struppigen Klangteppichen weich die Türen, hinter denen das Unvermutete liegt. Fritz, das wird mir in solchen Augenblicken deutlich, ist nicht nur eine große Begabung, er ist nicht nur, wie kürzlich die ZEIT schrieb, ein hoffnungsvoller Newcomer; er hat mehr, er hat Charisma. Ihn umgibt etwas, von dem die wahre Musik lebt. Deshalb werde ich Fritz auch nie *haben* können. Ich werde stets nur teilhaben an ihm.

Nach zwei Mojitos, in denen mehr Rum schwimmt als Minze und Wasser, bin ich über das Schlimmste hinaus. Im Rhythmus wippe ich mit den Hüften. Fritz pausiert. Zum Beifall schluckt er die Hälfte seines großen Mineralwassers. Dann nimmt er den gleichen Rhythmus wieder auf, fängt von da an, neu zu spielen. Er gleitet hinüber in etwas Mozarteskes, es muß der Anfang seines Lacrimosa sein. Es ist eine Getragenheit, die ein flakkerndes Pulsen durchzuckt. Dieses gewinnt schließlich die Oberhand und gleitet hinüber in ein Sinnieren, in dem ich die sanfte Melodie des Samstags wiedererkenne. Auch auf dem ganz leicht verstimmten Barpiano und untermalt vom Singsang der Gäste ist es unüberhörbar ein starkes Stück. Eigentlich sprengt es die Beiläufigkeit solcher Abende, es gehört in einen großen Konzertsaal. Oder auch nicht. Fritz schöpft seine Musik aus dem Leben, das er führt. Und dahin will sie zurück; selbst wenn sie in den albernen Nebengesprächen verloren scheint, so braucht sie doch diese, um die Verwandlung des Alltags kenntlich zu machen. Fritz' Requiem wird ein großer Erfolg werden.

Das freut mich, aber mehr noch freut mich, daß er ein Künstler ist. Das bin ich leider nicht, obwohl ich es hätte werden sollen. Daß ich vergeblich dazu erzogen wurde, bringt bei mir eine Nähe hervor, die auch eine Nähe zum Kitsch ist. Um mich gegen die Schuld des Versagens zu schützen, muß ich Fritz verklären. Das Klavier wird immer flirrender. Fritz fängt an zu singen, in antreibenden Staccati, lateinische Fetzen.

Sie haben die Erde umgeschichtet. Es sind Bagger gekommen, und die haben den Boden abgetragen und anderswo wieder aufgeschüttet. Sie haben die Höhen und Tiefen verändert, so daß nichts mehr bleibt, auch das Gehen nicht. Sie haben uns buchstäblich den Boden unter den Füßen weggezogen. Nur in meinen Träumen, da steht das Haus noch. Es steht zwischen den Anpflanzungen, den hochgezogenen Mauern, zwischen den Kieseln und Grünanlagen. Es ist neu renoviert, wie es sich die Mutter erträumt hat, und ich gehe im ersten Stock umher. Aber die Käufer wollen mich nicht gewähren lassen. Sie sind nun die Besitzer, denen alles gehört. Eine Katze springt von der Weide auf meinen Arm und zerkratzt mir die Hände. Ich verlange Schadensersatz, ich brauche eine Tollwutimpfung, aber man lacht nur. Ich besehe mir meine Hände. Ich sehe aus wie eine, die ein Meerschwein besitzt, oder eine Katze. Nicht wie eine Besitzerin. Man lacht über mich.

Eines Tages ist ein Bagger gekommen und hat mit der Abrißkugel auf das Dach des Hauses eingeschlagen. Es ist in einem Dezember gewesen, und die Luft schob sich klar und kalt in die fein geblümelte Tapete des Schlafzimmers im oberen Stock. Sie hatte das Hellblau des Himmels und war für einen halben Tag lang weithin sichtbar. Obwohl ich das Haus schon damals lange nicht mehr betreten hatte, hat sich der Augenblick in mir abphotographiert. Manchmal steht dieses Schlafzimmer vor mir, halb öffentlich, zwischen Bauschutt und in Rodung befindlichem Gehölz. Ich hätte hingehen und den Baggerführer abhalten müssen, laut hätte ich rufen müssen: Nicht! Aber ich habe nur zugesehen, die Schulmappe fest zwischen die Beine geklemmt, in jener verkrampften Haltung, in der man lange auf einen Bus wartet.

Ich bin aufgewachsen in dem Bewußtsein, daß einem der Ort, an dem man lebt, auch gehört. Nie wäre mir in den Sinn gekommen, ihn einmal zu verlassen. Es ist der Ort, der mich verlassen hat, wie alle Orte den Menschen verlassen und der Mensch niemals sie. Ich habe dem Ort, an dem ich gelebt, gehört. Mein Waldrand, mein Bach, meine Wege – sie haben mich in sich geborgen, aber nicht lang, da kam schon diese Unruhe auf. Und mit dem leisen, immer beharrlicher werdenden Wühlen unter den Schollen spürte ich zum erstenmal, daß die Veränderung außerhalb von mir einen Platz hat. Vielleicht werden Menschen, die nicht *sofort* in sich das Pulsieren der Äcker spüren, das sich von außen auf sie überträgt, ferner für Veränderung untauglich. Sie bleiben, wo sie sind, und wenn das nicht mehr da ist, sind sie nirgendwo.

Sie hätten die Straße nicht bauen dürfen. (Nicht einmal die Straße.) Aus Rücksicht auf ein kleines Kind, dem der Makadam gehört hat. Wie er war: rauh, schmal, voller Löcher und Fallen. Mit einem unwägbaren Rand, in die Landschaft gegossen von Männern, die am guten Geruch zugrunde gingen. Walzen haben den Teer eingenäßt und sind schwerfällig darübergefahren, so daß es gedampft hat und der Dampf den Kindern in die Nase stieg.

Als meine Mutter und mein Onkel Kinder waren, hat es noch keine Straßen gegeben, auch meine kleine Makadamstraße nicht. Nur den Lehmweg, der glitschig war im Frühjahr; und auch im Herbst, wenn sie noch barfuß gingen, waren ihre Beine bis zu den

Knien mit Lehm verspritzt. Dann haben sie in der Volksschule, in die auch ich gegangen bin, unter der Holzbank die Füße aneinandergewetzt und den Dreck abgeschabt, und auf dem Boden sind kleine Klumpen gelegen, und die Kinder, die schon Schuhe hatten, haben mit dem Finger gezeigt und gelacht. Es ist aber ein schönes Gefühl gewesen, das Lehmgefühl, und dieses Bewußtsein hat ihnen die Scham genommen, es gab ihnen eine Überlegenheit, meiner Mutter und meinem Onkel, auch wenn der Lehrer kam und ihnen Tatzen gab für den Dreck.

Dann haben sie die große Straße doch gebaut, und vom Makadam blieb nur in der Ecke ein Rest. Dort habe ich mich manchmal auf den Boden gelegt und den Splitt gestreichelt mit den Fingern, wenn es Frühjahr war und zwischen dem Makadam der Löwenzahn durchkam. Der war da schon warm, der Weg, und es war dort, wo ich einmal einen schlimmen Unfall gehabt habe.

Auch im Wald hatte es, noch früher, einen Unfall gegeben: Eine Frau war in ein Schlammloch gefallen und wäre beinah darin versunken. Das Schlammloch war nicht viel größer als die Frau; sie trat hinein, als sie zwischen den Bäumen nach einer Abkürzung suchte. Daran erinnere ich mich genau, denn auch ich stapfte damals oft den Waldweg entlang, vorbei an Opas Reisschlag, immer tiefer. Obwohl es trocken war und die Sonne schien, trug ich rote Gummistiefel. Das hatte ich mir so angewöhnt. Zumal ich in den Bach treten konnte, wenn der Sprung doch zu kurz ausfiel, und trotzdem wurde ich nicht naß.

Im Dickicht stand der alte Manz von der Milchsammelstelle oben im Dorf. Seit der Opa keine Kühe mehr hatte, holte die Mutter dort die Milch. Manchmal ging ich mit, obwohl ich die Milch nicht mochte. – Jo, Annale, sagte er jetzt, bisch au unterwegs? Vor dem alten Manz hatte ich keine Angst, auch wenn er oft still hinter Bäumen stand.

– Guck mal, Annale, sagte er und hob mich hoch, wobei er mir unter den Glockenrock faßte, da fliegt eine Libelle. Die Flügel der Libelle schillerten in vielen Farben. Ich guckte. Die knochigen Finger vom alten Manz bohrten sich in meine Rippen. Er ließ mich los und nahm meine Hand. Gemeinsam sprangen sie übern Bach, der große, dürre Manz und die kleine, dicke Anna.

Einmal, aber da war ich schon fast vier, kam der alte Manz ganz aufgeregt aus dem Wald gerannt. Ich sprach gerade mit den

Hühnern. Mit der Gerda vor allem, der größten Henne, der Opa morgen den Kopf abhacken wollte. Ich warnte Gerda. Aber Gerda, das Huhn, wollte nicht hören. Sonst hätte sie davonlaufen können, in den Wald, und ich hätte ihr jeden Tag heimlich das Futter gebracht. – Annale, der alte Manz keuchte, wo ist die Mamme. Er faßte sich an die Brust und beugte sich ein wenig nach vorn dabei. Die Mutter kam aus der Hintertür, mit einem großen Kratten Wäsche. Der Manz schnaufte: Im Wald, hinten am Bach, am Aufgang zum Kappeneck, da sei eine Frau, die stecke bis zu den Waden im Schlamm und komme nicht mehr heraus. Die Mutter hängte ein Leintuch auf, die Wäscheklammern zwischen den Zähnen. – Schon recht, Manz. Sie glaubt ihm nicht, dachte ich. Dabei hatte sie der alte Manz noch nie angelogen.

Ich redete weiter mit der dummen Henne, die Körner vom Boden pickte, als ginge das immer so weiter mit ihr. – Hallo, rief es vom Gartenhag, ist jemand daheim? Die Mutter und der alte Manz drehten sich um. Ein Bub stand am Tor, der fast so schnaufte wie der alte Manz. – Meine Mama, meine Mama, weinte er. Die Mutter rief nach meinem Bruder, der noch größer war als der fremde Bub, und nach dem Opa. Alle gingen in den Wald und nahmen Schaufeln mit. Nur die Mutter blieb da und hängte weiter Wäsche auf. Auch ich mußte dableiben. Bald kam der alte Manz wieder. – Wir schaffen's nicht, er schnaufte. Der Schlamm geht ihr schon übers Knie.

Ich weiß nicht, was passiert wäre, wenn da nicht von der einen Seite Onkel Friedrich gekommen wäre, der Bruder vom Opa, und von der anderen Seite der alte Hugo. Die Mutter gab allen Schaufeln, und dann dauerte es lange, bis sie wiederkamen. Sie hatten eine Frau dabei, die war aus der Stadt. Bis über den Bauch war sie mit Lehm beschmiert. Onkel Friedrich und mein Bruder mußten sie stützen. Bald hörte sie auf zu zittern. Sie durfte baden, und von der Mutter bekam sie Nylonstrümpfe und ein Sommerkleid mit Blumen darauf. Es paßte gut zu ihrer blonden Hochfrisur. Richtig schön sah sie aus. Später hat sie Pralinen und Blumen geschickt. Ich dachte manchmal an sie, wenn ich mit meinen roten Gummistiefeln übern Bach sprang. Aber dort, wo es passiert war, hatte man Schotter auffahren lassen, und der alte Manz war auch schon lange tot.

Daran hatte ich mich im letzten Oktober

erinnert. Ich war zurückgekehrt, einmal noch, ich hatte mir die neumodischen Wohnblöcke besehen mit ihren Sozialwohnungen für Spätaussiedler. Ich hatte die Ebenen gesucht zwischen den Hügeln, den Herbstgeruch des Waldes. Den Waldsaum mit seinen Stacheln und Hecken, ich hatte das Kruzifix gesucht auf den Platten aus Waschbeton am Parkplatz, das Minzebeet auf der Tiefgarage, die Johannissträucher am Rinnstein, das Frühbeet in der Luft. Einmal noch wollte ich in der Hundehütte schlafen, im Zwinger nahe dem Waldrand, am Transformatorenhäuschen die Luft anhalten, auf das Gewitter warten, den Blitz, den Rosenkranz beten. *Der du mit Dornen gekrönet bist.*

Einmal noch sehen, wie das Hennenblut gegen die Schopfwand spritzt. Und die Henne, wie sie kopflos auf die Miste rennt. Das Blut im weißen Gefieder, die Halme in den Flügeln. Wie sie umkippt, auf die Seite. Und der Opa sie sorgfältig aufhebt. Wegträgt, vor den Schopf, ihr die Federn ausreißt. Bis der Boden weiß ist und weich wie ein Bett. Drinnen, an der Schopfwand, neben dem Schlachtblock, der einmal der Bauch eines Baums war, oben, auf halber Höhe, zwischen den schwärzeren Schwärzen des Bluts, steht in den Spritzern mein Name. Er steht dort mit Kugelschreiber. Meine Mutter hat ihn in das Holz eingeschrieben, es ist lange her. Ich habe ihn einmal gefunden, und nun steht er, steht. Zwischen frisch gewachsenen Sträuchern, zwischen Zierbeeten und Rinnen, und es summen ihn die Rasenmäher, die nun bald verstummen werden. Denn es wird kalt, und der Name wird mit den Schneeflokken zu Boden fallen. Wie Hennenfedern.

Ein Kind blickt auf mich herab. Es steht hinter der verglasten Brüstung eines Wintergartens. Und winkt. Oder nein, es patscht mit der Hand an die Scheibe, wie es Kinder in Krankenhäusern tun und in Zügen. Das Kind ist von weither gekommen. Man hat es mitgeschleift. Man hat es in diese neugebaute Wohnung gepfercht, die den Wohnungen drumherum aufs Tüpfelchen gleicht. Wäre seine Kindheit in meine gefallen, wir befänden uns auf gleicher Höhe. Aber so. Vielleicht atmet es die Luft des Heubodens. Vielleicht geht es in derselben Höhe umher. Mich wundert, daß das Kind nicht fällt. Ich bin auch nicht gefallen.

Nur die Weide steht noch. Dort, wo damals die Miste war. Sie ist mächtig geworden. Gerne würde ich sie umarmen, mache schon den ersten Schritt. Mit den Nägeln ein Stück aus der Rinde reißen, bis es blutet. Wird das Kind sein Land einmal wiedersehen? Wird es den Asphalt berühren, den Stein? Den andere dort kinnhoch aufgerichtet haben? Wird es in Wiesenlöcher fallen, die Berge vergessen, den Wald? Sie kennt mich noch, meine Weide. Streckt nach mir ihre Äste aus. Will mich verschlingen, im Wind. Und ich? Gehe weiter, den Buckel hinab.

Ich bin an einem Montag geboren, mittags um zwei. Der Himmel muß sehr hell gewesen sein, und sehr, sehr blau. Das Gras war schon etwas kalt, und lautlos, wenn einer es umbog. Die Sonne hat nicht mehr gewärmt, oder nur noch am Mittag. Es war ein schöner Tag im Herbst, ein sehr schöner Tag über Mitteleuropa, hat man mir immer versichert. Alles war gerichtet für meinen Empfang: die Schüsseln, die Windeln, die Tücher. Dennoch kam ich zu schnell. Ich schlüpfte heraus und war da, und es war eine einzige Freude.

Meine Mutter hat mich in einem Korbwagen über die braunen Blätter geschoben. Das rechte hintere Rad eierte ein bißchen, aber das war kein Wunder, schließlich hatte mein Bruder schon daringelegen, in dem geflochtenen Karren. So einem, aus dem die Kinder Seifenkisten gebaut haben, später, und dann sind sie in denen den Berg hinabgesaut. Ein, zwei Mal, da bin ich in einer dringesessen, und es war immer das flammende Gefühl, endlich zugehörig zu sein, endlich eine von den andern. Ich war ein ordentliches Butzele, ich habe gelacht, gesaugt und geschissen, man war zufrieden mit mir. Ob ich zufrieden war, weiß ich nicht, mein erstes, bewußt erhaltenes Gefühl ist jedenfalls das der Unzufriedenheit. Wobei diese, gemessen an den Anfängen, ganz grundlos ist. Meine Mutter wollte mich ja, und wenn sie gekonnt hätte, wäre ich zweimal auf die Welt gekommen. Als ich und mein Zwilling. Auch der Rest der Familie schien begeistert. Selbst die Oma: Was hat sie mich nicht im Wald herumgetragen. Da war dann auch die Schande dahin, daß die Tochter, die Mutter, in ihrem Alter noch ein Kind bekommen hat.

Ich war ein menschenscheues Kind. Wenn ich andere Kinder traf, habe ich sie schikaniert. Man bemerkte dies und hielt es für Intelligenz. Und ich brüllte. Da hat man mich in den Wald gekarrt, ich lugte die Tannengipfel hoch und grinste.

Den Leberfleck an der Handkante habe ich

noch immer. Er ist noch nicht einmal größer geworden. Neue Flecken haben sich gebildet, an den Händen, an den Armen, im Gesicht, ich kann sehen, wie sie wachsen, dieser nicht. Er ist mein Geburtsfleck. – Siehst du, hat meine Mutter gesagt, daher wissen wir, man hat dich bei der Taufe verwechselt. Hinterher legten wir unser Meidele auf die Ofenbank, und dort lag auch das Meidele vom Schuler Mattes, und das bist du gewesen. Unser Meidele ist ein nettes Meidele gewesen, aber das hat der Schuler Mattes dann für seine Veronika gehalten und hat es mitgenommen. Ja, und da haben wir dich halt behalten, als das Essen im Wirtshaus vorbei war, nur am Leberfleck haben wir es bemerkt. Aber du darfst der Schuler Veronika nie etwas sagen, daß sie nicht das Kind von ihren Eltern ist, niemals, hast du gehört?

Ich war der Sonnenschein der Familie. Zu spät habe ich gemerkt, daß die Witze, die sie über mich rissen und über die sie grausig lachten, hinterher, wenn sie unter sich waren oder heimlich, hinter vorgehaltener Hand, nicht gegen mich gerichtet waren. Es waren Witze, die sie von Generation zu Generation weitererzählten, immer dem Jüngsten, damit der, durch den Zweifel, den Todesschreck und die Scham hindurch, aufgenommen werde in ihre Gemeinschaft. Sie vererbten ihr Entsetzen und impften es den Nachkommen ein; auch ich sollte eine der Ihren werden. Sie machten mich tauglich für das Unglück, das das Leben täglich für uns bereithält. – Was willst du, rief der Onkel beim Vesper, noch mehr Senf? Ja, weißt du denn nicht, daß der Senf, wenn ein Kind zuviel davon ißt, zum Bauchnabel wieder herauswächst? Ich aß für mein Leben gern Senf, vor allem zu Speck und Schwarzwurst, ich nahm noch eine tüchtige Portion und schielte unter den Pullover, ob sich dort schon etwas täte. Die ganze Familie beäugte mich, alle waren älter und kannten den Witz schon; und als ich endlich begriff, daß ich wieder einmal zum Depp gemacht war, wurde ich flammend rot vor Zorn und Beschämung, was die Heiterkeit der Runde noch steigerte.

Vielleicht war dies der Ursprung meiner Angst, nicht dazuzugehören. Die gesamte Familie war durch diese Prüfung gegangen. Alle hatten sie um Aufnahme gebettelt. Und waren aufgenommen worden. Meist kam ja bereits ein Kleineres nach. An ihm wurden dann dieselben Rituale vollzogen, und das zweitjüngste Kind, das nun schon die Probe überstanden hatte, hatte sein ganz besonderes Vergnügen dabei. Ich aber war der letzte Sproß, die Letztgeborene aus der Mauchen-Familie. Mauch, so hieß mit Geburtsnamen die Mutter. Mauch, so hießen der Onkel und Opa und Oma, und es gab keinen Zweifel daran, daß ich eine kleine Mauche war. Gern wäre ich manchmal eine Flaig gewesen, aber das kam nur als Schimpfnamen in Betracht: Geh mir weg, du bist ja eine Flaige.

Die Mauchen haben die Flaigen erbittert bekämpft. Das lag daran, daß auch die Flaigen die Mauchen erbittert bekämpft haben. Unmöglich ließ sich feststellen, wer damit angefangen hatte. Daß einer von den Flaigen eine Mauche geheiratet hatte, war ein Unglück für das ganze Dorf. Denn jetzt lebten sich die beiden Familien erst recht zuleid. Beide Familien sagten einander genau die gleichen Eigenschaften nach: Verschlagenheit, Geiz, Bigotterie, Hoffart. Nur einen Unterschied gab es tatsächlich: Bei den Flaigen war man so reich, wie man bei den Mauchen arm war.

Als mein Vater meine Mutter geheiratet hat, ist er natürlich die längste Zeit seines Lebens ein reicher Mann gewesen. Er kam gerade aus der Gefangenschaft, zerlumpt, vernarbt und voller Flöhe, und seine Mutter war etwas verbittert darüber, daß nicht er gefallen war, sondern sein jüngerer Bruder. Das ließ sie ihn spüren, indem sie so fest, wie nur meine Flaigen-Oma das konnte, die Strichlippen zusammenpreßte, und mein Vater, der seine Mutter sehr liebte, rächte sich, so entsetzlich er konnte: Er heiratete meine Mutter, und die mußte das ein Leben lang büßen. Vom nördlichen Dorfrand zog er, dem Wald zu, ganz gen Süden; denn die Flaigen und Mauchen hatten sich jeweils am entgegengesetzten Dorfrand verschanzt. Und sie hatten sich ihren Ortsteil direkt unterworfen: Der südliche Teil war katholisch und wurde von den Mauchen regiert, der nördliche weitgehend evangelisch, und regiert wurde er von den Flaigen. Zwischen beiden Dorfteilen verlief ein tiefer Graben. Erst die Faschisten haben ihn trockengelegt und die beiden verfeindeten Ortsteile zwangsvereinigt, eine Verbindungsstraße gab's jedoch bis in die siebziger Jahre nicht. Dort, wo das Süddorf an das Norddorf stößt, erhebt sich seit vorigem Sommer ein prunkvoller Einkaufstempel; versöhnlich heißt er *Dorf-Mitte*.

Als ich klein war, hat man im Süddorf so getan, als ob es das Norddorf nicht gäbe. Wer nach Norden mußte, in die Kreisstadt oder die Hauptstadt gar, der fuhr großzügig um das Norddorf herum. Und da beide Sippschaften äußerst fruchtbar sind und die Nachfahren zahlreich, ist es unwahrscheinlich, daß das Gezänk jemals ein Ende nimmt. Noch heute stehe ich, als Mauche mit dem Namen Flaig, zwischen allen Fronten. Der Haß reicht in eine Epoche zurück, in der die Schwarzwälder nichts wußten von Cäsaren und Monarchen und die Flaigen und die Mauchen ganz allein auf sich gestellt waren. In Lendenschurzen und Bärenfellen spateten sie den Graben aus, in den erst Cäsar hineinstolperte und später Napoleon. Der hatte sich in den Kopf gesetzt, mit seinem Heer ausgerechnet durch das Dorf zu marschieren, in dem seit dem Homo erectus der Krieg stattfand. Er kam von Süden und stieß auf dem Weg nach Norden auf das Niemandsland. Ein Teil seiner Soldaten starb beim Versuch, die Brücke zu vollenden, an der Cäsars Truppen gescheitert waren. Die wenigen Überlebenden bauten die Umgehungsstraße um das Norddorf, die noch heute, auf dem Weg ins norddeutsche Frankfurt, hinter dem der Deich liegt und die Welt endet, rege benutzt wird.

Den Römern und den Franzosen ist's zu verdanken, daß bis zum jetzigen Tag die Mauchen dunkel sind. Alle haben einen südländischen Einschlag; was daher rührt, daß die beherzt katholischen Mauchen-Frauen von jeher munter ihren Sinnen frönten und auch dem Vögeln äußerst zugetan waren. Noch bis in meine Großmuttergeneration galt ein unehelicher Sproß nicht als unrühmlich, sofern man vor der Geburt verheiratet war. War man es nicht, mußte man den Balg nach der Nottaufe ersäufen.

Wie meine Großtante Cäcilie zum Beispiel. Sie machte es dreimal hintereinander, was nicht weiter auffiel, weil sie als plump galt und ihre Geburten auf dem Felde beim Kartoffellesen selber abnabelte. Zur Taufe warf sie die Bälger ins Güllenfaß, worin später auch das Fritzle landete; nur hat die Bälger keiner gerettet. So erzählt man sich wenigstens, gesichert ist, Cäcilie starb am Wochenfieber, jung, schön und noch immer ohne Trauschein. Zwei ihrer Schwestern starben weit tragischer als sie. Qualberta, die älteste, hatte 1899 einen fleißigen Tagelöhner geheiratet, von dem sie bereits ein Kind im Bauch trug. Aber die Zeit war schlecht und das Essen miserabel, die Vitamine fehlten, und

Qualberta fielen die Zähne aus. Leopold, ihr Mann, schaffte Tag und Nacht für ein Gebiß. Sie bekam ihr Gebiß, das sie, vor lauter Ungeduld und Glück, sogleich verlegte. Da glaubte sie, sie habe es im Eifer hinuntergeschluckt, durch nichts war sie davon abzubringen. Im Krankenhaus schnitt man ihr den Bauch auf, wo aber nur das Kind lag. Es wurde der erste Kaiserschnitt im Dorf. Qualberta starb, das Kind überlebte und wuchs heran zu meiner ältesten Bäsletante Klara, die heute so alt ist wie das Jahrhundert.

Theres war die jüngste und schönste. Sie hatte fuchsrotes Haar, das sie sich zu einem Roßschwanz band. Das war damals eine Provokation. Vor allem, wenn man Nase und Schwanz so hoch trug wie Theres. Die schwor sich, nie einen Mann zu nehmen, sondern, wenn es nötig werden sollte, lieber in ein Kloster zu gehen. Denn Theres hatte ausgesprochen naturwissenschaftliche Neigungen. Noch heute gilt sie in der Dorfchronik als die Erfinderin des Blitzableiters. Während ihre frommen Schwestern, als es krachte und blitzte, tumb den Schmerzhaften Rosenkranz herunterleierten, *Der Du mit Dornen gekrönet bist,* stellte sich Theres ans Fenster. Ihr Blitzableiter funktionierte. Der Blitz schlug in den

Zwetschgenbaum und nicht in das Haus ein. Sie hatte keine Zeit mehr, sich zu freuen. Siebzehnjährig wurde sie im Kriegsjahr 1914, während ihr Bruder Franz im Feld fiel, drinnen in der Stube vom Blitz getroffen. Und das, obwohl der Blitzableiter funktionierte; aber die Spannung war dermaßen stark, daß sie Theres mit sich fortriß. Übrigens berichtete später ein Kriegskamerad, der Franz hätte als letzte Worte gerufen: Geh vom Fenster weg, Theres.

Wären die Mauchen unter sich geblieben, nie hätte es Zank und Streit gegeben. Sie hätten Holz gespalten, Kartoffeln geschält und einander am Kachelofen Geschichten erzählt. Doch nicht alle konnten es machen wie Franz und Theres. Um sich ohne Schaden fortzupflanzen, mußten sie einheiraten lassen, und mit den Mauchen war, für einen Nicht-Mauch, kaum auszukommen. Ein Nicht-Mauch ist in den Augen eines Mauchen stets von niederer Herkunft; ebenso wie ein Flaig nur Nicht-Flaigen *unter* sich hat. Und so wurden die Eingeheirateten samt Nachwuchs ein Leben lang für ihre Herkunft beschimpft.

Die Flaigen-Oma hat mir zur Weihnacht, wenn all ihre andern achtzehn Enkel schönes

Spielzeug und Wäsche bekamen, immer nur einen Teller mit zerbröselten Brötle geschenkt. Die Mutter sagte mir zwar aus Feindesliebe, daran sei bloß die Flaigen-Tante schuld, aber ich glaubte ihr nicht. Mir fällt zur Flaigen-Oma, die ich zweimal im Jahr sah, zur Weihnacht und an Ostern auf je eine Stunde, nichts Unparteiisches ein. Ich muß allerdings zugeben, daß ich in den Jahren, in denen ich magersüchtig war, eine gewisse Ähnlichkeit mit ihr hatte. Als sie starb, war ich in der Pubertät, und, obwohl ich seit der Sache mit dem Opa keine Leichen sehen konnte, habe ich sie mir angesehen. Sie war so dünn, daß ihre Seele schon vorher keinen Platz mehr in ihr hatte. Wie meine Mauchen-Großmutter und -Urgroßmutter starb sie in hohem Alter und geistiger Umnachtung. Man sagt, die Arterienverkalkung sei bei den Mauchen-Frauen erblich; aber dieses Gerücht haben bestimmt die Flaigen erfunden. Vielmehr glaube ich, allesamt, eingeheiratete Flaigen wie Mauchen, haben eine robuste, bäurische Gesundheit. Und weil sie spüren, daß sie unverwüstlich sind, müssen sich die Frauen rechtzeitig in die Verrücktheit flüchten, sonst halten sie das elendige Dasein als Andersgebürtige und Unstandesgemäße nicht mehr aus. Übrigens hat sich die Flaigen-Oma im Wahnsinn mit dem Vater ausgesöhnt: Sie erklärte ihn für tot und rief ihn beim Namen seines jüngeren Bruders.

Meine Mauchen-Oma hat es schon früh nicht mehr ausgehalten. Wann das war, das weiß ich nicht, aber sicherlich vor meiner Geburt. Sie, die bloß eine Broghammer war, hatte in dieser Familie, durch deren Haus in der Mitte der Graben zwischen Mauchen und Flaigen ging, rechts die gute Stube der Eltern, links die der Großeltern, überhaupt nichts verloren. Ihr wurde gesagt, was man auch der Mutter immer wieder gesagt hat: Mir brauchet di zum Schaffe. Aber mehr noch als die Mutter war sie ein Arbeitstier, und dagegen wehrte sich die Großmutter mit dreierlei sich steigernden Waffen: mit Bigotterie, mit Krankheit, mit Wahnsinn.

Nie habe ich meine Oma anders denn als todkranke Frau erlebt. Sie hatte es auf dem Herz. Tagelang lag sie im abgedunkelten Schlafzimmer und stöhnte o je. Man brachte ihr Muckefuck und Pfefferminztee. Sie spie alles in eine nierenförmige Schüssel, die sie dann aus Versehen umstieß, oder gleich auf den Holzboden. Solang ich denken kann, ist zweimal die Woche zur Oma die Gemeindeschwester gekommen, die wie viele Frauen im Dorf Qualberta hieß, und die Mutter hat den Speck heraufgeholt und den Most. – Frau Flaig, hat die Schwester Qualberta gerufen, das tät ich ja nicht aushalten mit den zwei kranken Leut. Damit hatte es sich, und die Schwester ist in den Garten gegangen und hat sich einen Strauß Astern gepflückt. Dabei sang sie: – Ich weiß, es wird einmal ein Wunder geschehn.

Als sie schon sehr alt war, taufte ich die Oma *Kater Bäp-bäp-bäp*. Denn unaufhörlich schlug dem Kater Bäp-bäp-bäp das Gebiß aufeinander, als würde es ihn frieren. Da saß sie, mit der Tasche auf dem Schoß, auf der Kante des Sofas mit dem Sonnenmuster, und wenn man die Tür aufsperrte, dann rannte sie hinaus und war weg. Als sie noch einen leichten Überblick hatte, da rannte sie dem Dorf zu, zur Andacht und Heiligen Beichte. Später strebte sie hurtig dem Wald zu. Die einzige, die ihr folgen konnte, war ich. Auch wußte ich, wie man die Oma zur Umkehr bewegte. Daher war ich für die Obhut der Oma in ihren letzten Jahren unerläßlich. – Sie ist zum Fenster hinausgestiegen, sagte die Mutter. Die gute Stube war ebenerdig, davor zogen sich die Kästen des Frühbeets, und meine Oma war sehr sehnig und gelenkig und schnell, so daß sie, manchmal mehrmals am Tag, mühelos entwischte. Also sauste ich ihr nach, dem Wald zu, und durch den Wald hinauf auf den Berg. Stets strebte die Oma dem Geburtshaus zu, dem Broghammer-Hof, der in südwestlicher Richtung einsam auf dem Berggipfel lag. Die Broghammers waren arme Leute, sie waren noch ärmer als die Mauchen-Sippe, und so hatte man sie außerhalb des Lokens verbannt. Jenseits der Dorfgrenze wirtschafteten sie auf einem verwahrlosten Hof, auf dem es mehr Flöhe und Kinderkrankheiten gab als im ganzen Dorf. Die Broghammer-Kinder waren dreckig und notorische Hockenbleiber, ihretwegen wurde schließlich im Dorf die Hilfsschule eröffnet.

Ich kannte die Schleichwege, die sich meine Oma durch das Dickicht bahnte. Auch hatte ich Hasso dabei, den Deutschen Schäferhund, der einmal ein unbrauchbarer Polizeihund gewesen war und seither launisch und böse. – Oma, rief ich, komm heim. Lauf, Oma, daheim wartet der Pfarrer auf dich, und mit sich hat er fünfzehn Ministranten. In der guten Stube halten sie eine Heilige Messe ab. Sie haben den Weihrauch dabei und den

Wein und die Hostie. Komm schnell, Oma. Und die Oma kam! Ihre dürre Gestalt sauste an mir vorbei und das Tal hinab dem Haus zu, und ihr dunkelblaues, weißgepunktetes Kleid zipfelte hinter ihr her wie eine Fahne. Ich konnte ihr so schnell nicht folgen und sah sie als dunklen Fleck durchs Gartentor verschwinden. – Sie hat, sagte die Mutter hinterher, nicht einmal gekeucht. Meine Oma war bestens in Form, und als man sie in die gute Stube sperrte, da wußte sie schon nicht mehr, warum. Daß man sie hereingelegt hatte, hatte sie vergessen! Und so konnte ich ihr mühelos immer wieder diese Augenblicke verschaffen, die die glücklichsten im Leben der Oma waren: Die Augenblicke, in denen sie glaubte, der Stadtpfarrer sei eigens zu ihr gekommen.

Nie verriet ich, wie ich die Oma zu solch rasender Umkehr antrieb. Es war das Geheimnis meiner Unentbehrlichkeit, und ich wurde dafür bewundert. Je älter und verrückter meine Oma wurde, desto mehr hat sie meiner Mutter das Leben zur Hölle gemacht. Sie erkannte ihre eigene Tochter nicht mehr und spie ihr, wenn das Essen kam, ins Gesicht. Dafür erkannte die Oma ihren einzigen Sohn, den Onkel, um so besser. Mit glühenden Wangen und strahlendem Gebiß wurde er beschenkt und geherzt, wenn er kam. Sie schenkte ihm roten Wein ein. – Was willst du, meinte der Onkel wütend zur Mutter, die Oma ist doch völlig klar. *Du* spinnst! Da hat meine Mutter geweint, sie hat viel geweint in jener Zeit, zumal der Opa tot war und im Testament der Onkel begünstigt wurde, weil die Mutter einen Flaig geheiratet und ins Haus geholt hatte. Damals beschloß meine Mutter endgültig, was sie schon lange vor meiner Zeugung erwogen hatte: Ich sollte ihre Stellvertreterin werden. Ich sollte der Welt gegenüber Zeugnis ablegen über ihr Elend, dafür hatte sie mich in die Welt gesetzt.

Meine Eltern hatten beide sehr deutliche Vorstellungen davon, was aus mir, dem letzten Mauchen-Sproß, einmal werden sollte. Und jeder von ihnen verfolgte seine Pläne vom Augenblick der Zeugung an erbittert. Nur in einem waren sie sich einig: Ich sollte ein Meidele werden, und da sie wenigstens in diesem Punkt übereinstimmten, wurde ich auch eins. Aber von diesem Moment an ging alles entschieden auseinander. Mein Vater hat, beim Ausruf der Hebamme, der aus der guten Stube drang, *Es ist ein Lumpenmensch, ein richtiges Luder,* die Konsequenzen gezogen und geschrien: – Sie wird ins Kloster gesteckt! Das war liebevoll gemeint und das Höchste, zu dem eine Flaige vorbestimmt war: Da sie sich rasend vermehrten, wurde ein Teil der Nachkommenschaft stets Gott geweiht. Im Kloster sollte ich die Orgel spielen: Orgel hatte das Fräulein gespielt, das der Vater vor der Mutter poussiert und das ihn wegen seiner bäurischen Familie abgewiesen hatte. Das Fräulein war gebildet gewesen, was meine Mutter nicht war, und sie blieb dem Vater, dem Bildungsbauernsohn, in bester Erinnerung.

Meine Mutter dagegen wußte, daß ich, wie sie, eine richtige Mauche war und allen Sinnenfreuden zugetan. Vom ersten Moment an fraß und schiß ich mit Lust, schon im Mutterleib hatte ich freundlich gestrampelt; im Kloster würde ich verdorren wie eine Hecke auf Sand. Deshalb, und weil sie mich für ihre eigenen Zwecke brauchte, bemühte sich meine Mutter von früh auf, die ehrgeizigen Pläne des Vaters zu unterbinden. Der nahm mich, ich war noch in Windeln, schon mit auf seinen Orgelbock, und, kaum konnte ich strammstehen, mußte ich ihm zur Messe die Seiten umblättern. Wie das einstmals, im

Dome zu Rottenburg, das Fräulein getan hatte, als ihn dort in der bischöflichen Hauptstadt die strengen Ordensschwestern in die Kunst des Orgelspiels einführten; nur war ich noch so klein, daß ich mich zum Blättern auf den Bock stellen und mich mit einer Hand auf dem Orgelbrett abstützen mußte.

Das erste Lied, das ich, mit zweieinhalb Jahren, fehlerfrei singen konnte, war *Großer Gott, wir loben Dich,* in allen fünf Strophen. Da ergriff meine Mutter Gegenmaßnahmen und drückte mir einen Kugelschreiber in die Hand. Wer singen kann, sagte sie sich, der kann auch schreiben, und wer zuerst kommt, mahlt zuerst. Ich sollte schließlich, um sie zu rächen, das Abitur machen und anschließend eine große Dichterin werden. Ich sollte aufschreiben und der Öffentlichkeit zugänglich machen, was ihr in ihrem Leben an Schrecknissen widerfahren war. Ein Aufschrei würde durch die deutschsprachige Welt gehen, und all die Schurken, die aus ihr ein Opfer gemacht hatten, wären tief und öffentlich blamiert.

Da mir die Pläne beider Eltern lange viel zu ehrgeizig erschienen, beschloß ich für mich, statt dessen eine Lehre zu machen und Lehrerin zu werden. Das sagte ich auch, als ich endlich in die Schule kam, meiner Lehrerin; die lachte: – Aber dazu mußt du studieren. Mein Ausweg, den ich mir jahrelang rettend vor Augen gehalten hatte, war mit einem Mal zunichte.

Mit zweieinhalb Jahren verlangte ich einen Kugelschreiber und schrieb meinem Vater, der aus der Fabrik eine Staublunge mitgebracht hatte und hinter Frankfurt am Deich in der Kur war, lange Briefe. Ich schrieb sie in einer zittrigen, eckigen Geheimschrift, die an die Schrift von bettlägerigen Greisen erinnerte, die kurz vor dem Tod stehn. Halb glaubte ich damals, daß man schreibt, indem man Gedanken denkt und dabei Zacken auf ein Blatt malt. Aus diesen Zacken würde der Empfänger, und nur er, hinterher die Gedanken entziffern können. Aber halb wußte ich auch schon, daß ich gar nicht wirklich schreiben konnte; obwohl mir alle Welt versicherte, meine Briefe seien wunderbar. Denn damals schon führte mir die Mutter die Hand und schrieb mit mir meinen Namen: Anna-Lena. Mein Name stand unter allen Briefen, die sie damals an den Vater schickte. Er stand auf Versandhausprospekten, alten Zeitungen und Kalendern. Er verzierte Quittungen und das Mitteilungsblatt der Gemeinde.

Stundenlang hat meine Mutter mir die Hand geführt; und dann schrieb ich, wenn ich allein war, doch wieder nur Zacken.

Die Furcht, nicht wirklich selber schreiben zu können, es womöglich niemals zu lernen, da die Gesetze, die dahinterstanden, undurchschaubar waren, hinterließ in mir Scham. Ich beschloß, sobald es mir möglich war, die Schrift des Bruders und der Mutter zu lernen, Wort für Wort. Damit konnte ich unmöglich bis zur Schule warten, denn es gab vieles, was ich aufschreiben wollte. Wer nicht lesen und schreiben kann, ist immer der Dumme; und das Geheimnis, das der Bruder um seine Schulhefte machte, ließ mich deutlich spüren, daß ich die Unterlegene war. Ich wollte die Macht haben, die in den Zeichen saß.

Von klein auf habe ich gelogen. Ich log so schamlos, daß es der Familie den Atem nahm. Mein Vater hat nicht mal mehr den Schlauch genommen, denn die Schläge haben nichts genützt. Ich log auch nicht, um mir davon einen Vorteil zu verschaffen. – Sie hat zuviel Phantasie, sagte die Mutter, als ich mal wieder die Nachbarin oben im Dorf nach Strich und Faden angelogen hatte, und in der Stimme der Mutter klang fast etwas Stolz mit, ein in die Zukunft investierter Triumph. Die Nachbarin war der Lieblingsadressat meiner Lügengeschichten, weil sie arglos war und stets alles glaubte. Deshalb besuchte ich sie gerne, um ihr bei der Heimarbeit zu helfen (sie klebte rote Blümchen auf Kuckucksuhren), und aß mit ihr, wenn ihr Mann aus der Fabrik kam, zu Nacht. Dann gab es, weil der Mann nur ein Stück Brot zu Mittag gegessen hatte, ein warmes Essen, Fleischküchle mit Kartoffelbrei und Blaukraut, was ich besonders mochte; und ich mußte aufpassen, weil der Mann ein Mauch war und mich sofort durchschaute.

Später brauchte ich die Nachbarin nicht mehr. Ich habe die Geschichten, die ich erfand, einfach auf ein Blatt Papier geschrieben. Doch solange ich nicht schreiben konnte, bin ich dreimal die Woche zu ihr gerannt. – I sitz a weng uffs Bänkle, log ich der Mutter vor, und zack war ich aus dem Blickfeld und bei der Nachbarin droben. Meine Mutter hat's vom Schlafzimmerfenster aus gesehen, und sie war beruhigt, weil der Nachbarin vom vielen Blümchenkleben die Hände zitterten, und ich war noch klein, aber schon eine Hilf. Und eine Unterhaltung: Ich war, das sagte mein Opa, bald besser als jedes

Radio. Deshalb hat er mich auch *Mi kloas Radiole* geheißen, mein kleines Radio.

So erzählte ich ihr denn auch einmal, es war Ende Dezember, und der Schnee lag leicht und lockig vor den Scheiben, der Heilige Sankt Nikolausi sei am Heiligabend nochmals wiedergekommen. – Ja was, rief die Nachbarin, aber da ist er doch schon lang wieder im Himmel. – Eben nicht, sagte ich, er ist extra für mich noch einmal heruntergestiegen. – Aber war das nicht schwierig, sagte die Nachbarin, den Heiligen Sankt Nikolausi zur Unzeit vom Himmel herunterzuholen? – Nein, erwiderte ich patzig, überhaupt nicht. Der Nikolausi, das ist doch bloß der Onkel. Ich habe ihn an den Schuhen erkannt.

Die Menschen in der Stadt haben keine Gesichter. Ich steige in einen S-Bahnwagen, der als Cola-Dose ausstaffiert ist von außen, und betrachte den Aufdruck auf ihren Einkaufstaschen. Die Marke ihres Parfüms, Chanel oder Scherrer, ist oftmals das Persönlichste an ihnen. Wenn man die jungen Frauen mit den alten vergleicht, dann sieht man genau, wie es laufen wird: von der Kaufhausschönheit zum Krankenhaus. Von der Wiege in den Sarg verlieren sich ihre Gesichtslinien immer mehr; die Runzeln der Alten haben etwas Madiges. Von Würmern werden sie zerfressen werden, und weil sie das fürchten, stürzen sie sich in den Weihnachtstrubel und reden unablässig über die Krankheiten, von denen die Nachbarin befallen ist. Tag für Tag berichten sie in der Öffentlichkeit der Verkehrsmittel, wie widerwärtig damals ihr Mann gestorben sei, der sich den Rücken wundgelegen und dennoch nicht habe loslassen können. Wie man ihm Morphium geben mußte, damit er überhaupt noch habe atmen können, und das hat ihn zum erstenmal im Leben glücklich gemacht. – Friedel, sagte er, skelettiert wie eine Vogelscheuche und ewig am Einnässen, ich werd wieder gesund.

Das erzählt seine Friedel jetzt der Frau Mauser mit dem Gesicht aus Furchenpudding, der man ansieht, daß sie im Leben noch nie aufrichtig war, und kriegt einen gierigen Blick dabei. – Wisset Se, sagt die Friedel zur Frau Mauser, des isch grausig gwä. Abr mer hot nex mache kenne. Es werd oim gegäbe ond es werd oim au wiedr genomme. – So isch's, sagt Frau Mauser und streichelt den Kopf des überfressenen Schnauzers, der, in ein Wollmäntelchen gepackt, auf ihrem breiten Schoß hockt. – Im Mäxle goht's au nemme so, setzt sie schließlich hinzu. Mer sent beim Doktr gwä, abr der secht, mer ko nex mache, er werd halt alt, mei Mäxle.

Mich befällt eine Art Ewigkeitswahnsinn. Gespräche wie dieses finden immer statt, zu jeder Zeit und in jeder S-Bahn. Während wir durch das Tunnel brausen, angenagelt an die S-Bahnsitze, christusgleich, werden wir immer und immer wieder Zeuge, daß die Menschheit nicht erlöst werden kann. In Ehre sind sie alt geworden, die Friedel und die Frau Mauser, aufrecht sind sie mit den Nazis marschiert, und aufrecht machen sie alle vier Jahre ihr Kreuz bei den Schwarzen. Ihre Kinder sind bis aufs i-Tüpfelchen wie sie, nur zwanzig Jahre jünger. Ihre Enkel sind heute noch bei den Kaufhausgangs, sie fahren Kleinwagen und gehen donnerstags zum Techno. Sie gucken harte Pornos und prügeln, weil die's so will, beim Ficken die Freundin. Sie sind gute Kerle und treue Burschen und trennen an Opas altem Kittel das SS-Abzeichen ab. Bloß zum Spaß, und sie schenken es Heiko, der auf so etwas steht. Sie wohnen in Möbeln von Ikea und trinken aus Tassen vom Kaufhof. Sie sind die Mehrheit, sie haben das Sagen, sie sind im Recht.

Und bei allem dieses Gefühl, daß man nichts machen könne. Jeder, der noch bei Trost ist, müßte sich vor einem Fahrkartenautomaten und dem Wahnsinn, der in ihm steckt, fürchten. Er würde die Annahme von Kreditkarten verweigern und ein Auto für das halten, was es ist: für eine gemeine, niederträchtige Mordwaffe. Wir alle sind Idioten, denn wir leben in einer Welt, die wir selber nicht mehr verstehen. Die Dinge gaukeln uns Erleichterung vor, Schmerzfreiheit, in Wahrheit bewirken sie das Gegenteil; oder wer stand nicht schon hilflos vor der Ampel, die nicht grün wurde, wer fragte sich nicht schon beim Anknipsen des Föns, wie der Strom tatsächlich in die Steckdose kommt. Von morgens bis abends betreiben wir Dinge, die wir nicht durchschauen, die Verweigerung der Blamage vereinzelt uns. Ich nehme meine Telefonkarte und lege sie neben mich auf den Sitz. Dann stehe ich auf und stelle mich in den Gang. Ich erhoffe mir Erleichterung vom Wissen, wer sie mitnimmt. Sie wird von niemandem beachtet, und ich muß mich damit begnügen, daß ich sie verloren habe.

Ich komme von Fritz, der nach dem Proben erschöpft war und sich die ganze Nacht gewälzt hat. Auch ich habe schlecht geschlafen, weil ich heute nach der Arbeit den Weisheitszahn gezogen kriege. Erst schaffen, und dann das. Vor der Maniküre, die ich ausnahmsweise in der City machen lasse, wo alles zusammen zwanzig Mark mehr kosten wird, laufe ich noch schnell übern Weihnachtsmarkt. Die Budenbesitzer haben eben erst geöffnet, aber schon drängeln sich in den Gassen die Leute, die alles geschickter und besser machen wollen als andere und deshalb schon um halber fünfe aufstehn. Überall riecht's nach Apfelstrudel und Glühwein und

Kindheit, und dazu die reine Kälte des Morgens. Seit gestern ist es kalt geworden, sieben Grad minus. Der Himmel ist blau und so durchsichtig, wie er nur in der Frühe noch sein kann, wenn die Klarheit der Nacht durchscheint und die Abgasglocke sich erst wieder neu bilden muß.

Wer kauft, gehört dazu. Weil ich auch einen winzigen Moment dazugehören möchte, kaufe ich mir für zwei Mark eine Butterbrezel und stecke sie in meine Tasche. Die Menge wälzt sich mir entgegen: Das ist mir so vertraut, daß ich mich in der Bedrohlichkeit des Gewühls geborgen fühle. Die Langeweile umgibt mich wie ein Schutzfilm, und ich weiß nun, daß mir heute nichts mehr zustoßen wird. Mit plötzlich gewonnener Sicherheit betrete ich den Coiffeursalon; eines Coiffeurs, der selber gar nicht weiß, daß die Berufsbezeichnung, die er sich gegeben hat, zwar modisch, jedoch falsch ist. Es geht rabiat fix: reinigen, einweichen, eincremen, einziehen lassen, kurz nachfeilen, Unterlack, Lack (– naturel, bitte), Oberlack. Ich kriege ein Lob für die geschmeidige Gepflegtheit meiner dicklichen Finger, zahle und bin draußen.

Mein erster Klient am Mittwochmorgen ist

Paule. Lars Paulsen ist Schwede, jedenfalls war er in Stockholm einige Jahre Filmvorführer. In einem früheren Leben, um nach der Glutäugigkeit und der Hakennase zu urteilen, ist er wohl einmal Kurde gewesen, und wahrscheinlich wird er politisch verfolgt. Paule kommt ab und an zu mir, um mit mir über die neuesten Filme zu reden. Ich habe zwar keinen gesehen, kenne aber die Besprechungen. Manchmal lädt Paule mich auch ins Kino ein, aber ich sage ihm immer ab. Denn von ihm geht ein unerträglich säuerlicher Geruch aus, der daher rührt, daß Paule dreimal die Woche den Hausmüll der Provinzhauptstadt in einem Turbolaster auf die Großmülldeponie nach Mecklenburg schippert. – Gestern wieder schlecht, sagt er, die Plane ist verruscht, und ich mußte hinaufsteigen und aufmachen. Bis zu den Knien bin ich in etwas gesteckt, das sah aus wie weiße Bohnensalat. War aber nichts mit Bohnensalat, war alles Würmer und Maden, weißt du, und die sind mir oben reingerutscht in die Gummistiefel, war ganze Gummistiefel voll mit kleine, glitschige Tiere. Hab ich dann den Müll neu verteilt, hat einer eine Matratze reingeschmissen, der Idiot, mit so Bettrost, und der hat sich verhakt gehabt mit der Verankerung von der Plane, und das war so Fitzelarbeit, mußte ich die Handschuhe ausziehen und hab mir mit rostigem Draht in den Finger geschnitten, siehst du, hier.

Ich schaue schnell hin und wieder weg, auf meine frisch beglitschten, naturelbohnenweißen Salatfinger, die Paule anstiert wie kleine, wimmelnde Tiere. Ich verstecke die Finger in den Schenkellöchern der Avantage-Jeans, einer andern als am Samstag, einer echt durchsiebten, grau wie ein Putzlappen und mit naturelbohnenweißen Pailletten besetzt. – Ich hab gekotzt, sagt Paule, und geblutet hab ich, und dann bin ich heruntergestiegen und hab die Hand verbunden und die Gummistiefel herumgedreht. Dann hab ich nochmal gekotzt, und dann bin ich weiter, war schon dunkel und hat zu schneien angefangen, und dann war Stau und ein Unfall. Stand halbe Nacht auf der Autobahn, und gestern morgen zurück, wieder Unfall, sag ich dir, und dann nach Hause und hab mich geduscht, halbe Tag lang.

Für diese Erzählung will Paule mir zwanzig Mark anbieten, aber ich winke ab. – Kommst du morgen mit Kino, fragt Paule. – Vielleicht, sage ich. – Muß ich immer fahren, sagt Paule, und immer diese Scheiß. – Was hast du denn früher gemacht, vor dem Kinojob? Paule stockt und gibt sich den Ruck: – Ich war Lehrer an ein Gymnasium, wo die Schüler, wie sagt man, Abitur machen. Ist aber lange her, erzähl ich dir ein andermal. Paule zieht die Lederjacke an und gibt mir zum Abschied rechts und links ein Küßchen. Seine Wange riecht dezent nach Rasierwasser.

Ich lüfte, obwohl alles nur Einbildung ist, und überlege, ob ich mir die teuren Madenfingernägel im falschen Marmorbad schnell herunterschrubbe. Aus Solidarität mit den Unterdrückten jedoch beschließe ich, ihrem Anblick bis zum Freitag standzuhalten. Aus der Tasche ziehe ich, vor dem Nächsten bitte!, die Butterbrezel, klappe sie auf, und sie fällt mir herunter. Natürlich auf die Butterseite, und als ich sie aufhebe, liegt auf der Butter ein spitzer, grüner Splitter. Ich weiß nicht, ob er auf dem weißen, kalten Plattenboden gelegen ist, den die andalusische Putzfrau zum Spiegeln bringt, ob Paule mit seinen Rillensohlen ihn zu mir hereingetragen hat, als Relikt seines Mülls womöglich, oder ob der Splitter schon vorher auf der Brezel lag. Jedenfalls erinnert er mich an die Gefahren, denen man unentrinnbar immer und überall ausgesetzt ist; im Haus vor allem, wo man sich sicher wähnt, in der Blankheit der eigenen vier Wände, die der Bank gehören, wo einem stracks die Gurgel durchgeschnitten wird, von einem winzigen grünen Splitter.

Was tun, wenn nun am hellen Vormittag über einem wieder die Frauenstimme stöhnt, die dort nicht wohnt: – O laß mich, laß mich. Mit dem Schrubber an die Decke klopfen? Oder bei Herrn Laumer anrufen? Es meldet sich der Anrufbeantworter. Ich werfe die Brezel in den Küchenabfall, ziehe mir die Lippen nach und widme mich, mit dazugeschaltetem Mozart, der die Deckengeräusche übertönt, den Sorgen von Ilse Freitag.

Ilse Freitag führt ein gesichertes Leben. Sie ist Schalterbeamtin bei der Deutschen Bundespost, geschieden, hat zwei halbwüchsige Söhne und einen festen Freund. Nebenbei, hie und da, mal einen Liebhaber, der jünger zu sein hat und den sie dann aushält. – Es geht mir nicht schlecht, versichert Ilse Freitag auch heute, aber ich fühle mich dermaßen unausgefüllt. – Was machen Sie an Weihnachten, frage ich, um dem Elend sogleich auf den Zahn zu fühlen. Ilse Freitag trägt ein apricotfarbenes Kostüm zu malvenfarbenen Strümpfen, dazu die Lackpumps vom vorigen Sommer. Alles einzeln wäre nicht schlecht. Aber zusammen und zu dieser Jahreszeit wirkt es einfach unmöglich. Zu Weihnachten fährt sie zu ihren Eltern, wovor sie sich, wie vor den meisten Dingen, entsetzlich fürchtet. Denn die akzeptieren ihren Freund nicht, und der wirft Ilse Freitag hinterher wieder vor, die Leere ihres Elternhauses sei auf sie übergegangen. Ich suche aus der Schublade ein paar Prospekte von Freizeiturlauben für kurzentschlossene Nichtskifahrer zusammen und erkundige mich, ob ich für sie buchen soll. – Nein, nein. Der Freund bekomme zwischen den Jahren diesmal nicht frei, und so werde sie in der Wohnung sitzen und auf ihn warten müssen. Ilse Freitag seufzt: – Die Buben sind über die Festtage beim Vater, Sie wissen schon, das macht alles doppelt schwierig.

Sie will heute keinen Rat von mir annehmen, und zur Strafe nehme ich kein Honorar. Das zähmt sogar die widerborstigsten Kunden: Sie fühlen sich danach tief in meiner Schuld. Für ein paar Mark wollen sie vom inneren Übel freigekauft werden, und genau das verweigere ich ihnen. Freilich nicht immer; doch wenn ich so wie jetzt nicht vorwärtskomme, dann muß es mal sein. Es gibt tatsächlich Leute, die beneiden mich. Die sagen, du hast einen gutbezahlten Beruf, der mit Menschen zu tun hat, und du bist dein eigener Herr. Sie ahnen ja nicht, wie beschissen das ist. Ein Arzt praktiziert wenigstens auf Krankenschein, und manchmal kann er sogar helfen. Das kann ich nicht. Ich schicke die Leute nur ins Fitneßheim, bis dann dort das Krebsgeschwür aufbricht, nicht rauchen, nicht saufen, dreimal die Woche zum Freizeitsport. Einmal zum Ausgleich in die Kunstgalerie, einmal Gäste bekochen und sonntags Kino. Wenn sie dann noch einen haben, der sie einmal ins Bett nimmt, ist die Woche geschafft. Schon wieder haben sie sieben Tage ihres Lebens abgefreizeitet, zum Wohle der Gesundheit, des Staates und der deutschen Industrie. Mit einem Volk, das sich langweilt, könnte man keinen Krieg führen. Das Eingeständnis hemmungsloser Langeweile befriedet den Menschen; selig, die arm an Taten sind. Sie werden weich wie die Butterwecken und brauchen am Ende nicht mal mehr den Fernseher. Gelangweilte Menschen wären glückliche Menschen; sie müßten's auch gar nicht selber bemerken.

Der Erfinder der Freizeit ist der Sieger dieses ausgehenden Jahrtausends. Im Jahre 2000 genau um null Uhr null wird der letzte

Widersacher gegen das kommende Freizeitelysium durch einen gigantischen Silvesterknall beseitigt sein. Die Apokalypse, von der Johannes einst sprach, ist die posthumane Freizeitgesellschaft mit ihrem immerwährenden Zwang zur selbstentäußerten Beschäftigung. *Gefallen, gefallen ist das große Babylon.* – Sie hören mir ja gar nicht zu, sagt Ilse Freitag, ich buche die Woche Südschwarzwald mit Schneewandern und Kegeln. Na also.

Meine Klienten ähneln sich alle. Sie sind das Normalmaß, woran sich die Verbraucherzentrale orientiert. Vor Weihnachten verfallen sie in einen hysterischen Taumel. Ganze Kleinfamilien werden flugs zu Konsumgegnern und basteln alternatives Geschenkpapier. Ich auch. Denn wenn ich den Kunden nichts schenke, dann sind sie beleidigt. Ilse Freitag gibt mir den fälligen Fuffziger und kriegt dafür ein Buchungsformular zur Unterschrift sowie ein Fläschchen Piccolo mit Tannenreisig. – Aber das wär doch nicht nötig gewesen.

Beim Zahnarzt später sitzen die gleichen Gestalten. Ich sage mir zehnmal: Ich gehöre zu euch. Ich bin nicht besser, nicht schlechter als ihr. Ich verdiene mein Geld mit eurem Unsinn, ich trage die gleichen, unbequemen

Schuhe wie ihr. Wie ihr fürchte ich mich vor dem Röntgenbild, das mir als Fazit am Tage X überreicht wird. Es funktioniert: Ich werde ruhiger und, endlich auf dem Stuhl, möchte den Zahnarzt um Vergebung bitten. Sein Polohemd hat einen einsamen Spritzer Blut aus einem betäubten Rachen, der nicht tumber und fauliger als meiner ist. Der Zahnarzt fängt an zu säbeln. Zwischendurch erzählt er der Dentistin vom fälligen Reitturnier; wie behende sein Arsch auf dem Gaul doch dahintreibt. Ich fange an, ihn zu hassen. Da ist der Weisheitszahn schon draußen. – Brav, der Herkules, sagt der Doktor und hält mir den Zahn vors Gesicht: ein gewaltiger Bursche. Sollen wir ihn einpacken? Da ich im Moment nicht antworten kann, nimmt die Dentistin ein Papierchen und legt mir den Zahn auf die Tasche. – Eisbeutel, sagt der Zahnarzt, nichts essen, nichts trinken, nicht rauchen. Und Eisbeutel. Nach Weihnachten nochmals zur Kontrolle. Wir schließen ab Neujahr. Alles Gute. Frohes Fest. Was machen wir denn für ein Gesichtchen? Morgen haben wir das schon wieder vergessen.

Er hat recht, es war wirklich nicht schlimm. Ich erhebe mich vom ergonomischen Zahnarztsarg und spüre die Schwerkraft meiner

Beine. Meine Hand ist eiskalt und zittert, als sie erst die Hand des Zahnarzts packt und dann den Zahn in die Tasche. – In seltenen Fällen kommt es vor, daß Sie Fieber kriegen. Nehmen Sie dann eine von diesen Tabletten. Wenn es Freitag gegen abend nicht besser ist, kommen Sie schnell nochmals her. Freitag? Ich bin total durcheinander. Am Freitag, da war doch was.

In der S-Bahn bleibe ich dumpf. Der Schmerz ist noch nicht eingekehrt. Zur Übung sag ich mir all die Namen vor, die heute nach Ilse Freitag kamen. Sie treten ein und treten ab und purzeln kopfüber durcheinander. – Ist Ihnen nicht gut? fragt ein Opa. – Du siehst doch, daß sie beim Zahnarzt war, nuschelt hinterm Schal versteckt seine Tochter. Immerhin, ich höre noch. Ich höre und sehe, nur vor dem Hirn macht die Wahrnehmung halt. Das Wollegefühl greift in den Kopf über und legt die Beine lahm. Lächerlich. Beim Türken ist wieder kein Kunde. Eine Geheimorganisation, die Mafia. Ein exakt getimtes Verlustgeschäft, Waffenhandel in alle Freizeitheime weltweit. Frau Häberle oben im Gang. Ich reiße die Tür auf, stürze zum Hörer: – Fritz? – Ich komme, sagt Fritz.

Eine halbe Stunde später ist Fritz da. – Ich habe ein Taxi genommen, aber am Hauptbahnhof war ein Stau. Ist der Eisbeutel kühl? Blutet es noch? Geht es besser? – Der Splitter in der Butter, sage ich. – Du kriegst Fieber, erwidert Fritz und legt die Hand auf meine Stirn: Vielleicht hast du die Spritze nicht vertragen. Auf jeden Fall bist du schonungsbedürftig. Außerdem überarbeitet. Bist du müde? Ich schüttle entgeistert den Kopf. Bitte nicht allein lassen! – Mach das Licht nicht aus und bleibe im Zimmer. Fritz kennt das schon: Es sind die Angstzustände, die mich mit Krallen überfallen. Ein nichtiger Schubs genügt, und ich, die ewig Robuste, lande auf der Miste des Daseins.

– Ich muß nachher zum Proben, sagt Fritz, aber hinterher komm ich gleich wieder. Er zieht den Mantel aus und wirft ihn auf den Clubsessel. Dann setzt er sich zu mir aufs Satinbett. Er streichelt meine Hand und schweigt eine Weile. Stärker als der in Wellen über mich hinschwappende Schmerz ist die Furcht, krank und kränker zu werden. Ich weiß es wieder genau: Am Freitag will ich mit Fritz nach Saarbrücken fahren, koste es, was es wolle. Und, als habe Fritz den Gedanken erraten: – Sowas heilt schnell, du mußt es nur wollen. Ich schaue Fritz an, seine Magerkeit und die an den Schläfen hervortretenden Adern. Wie ein Kind, das krank ist, sehe ich alles schärfer und wie durch ein Vergrößerungsglas genau. Dennoch bleiben es Einzelheiten, ich kann sie nicht zusammenfügen, zum Bild, das Fritz heißt. Seine Nase ist spitz, sein Mund geschwungen, sein Profil kantig und scharf. Wie alle Menschen mit zu ausgeprägten Gesichtszügen ist Fritz in der Kindheit schön gewesen, ein Traum der Mütter, ein Halbgott der Tanten. Ich habe einmal Kinderbilder von ihm gesehen, aber Fritz hat nie davon gesprochen. Seine Eltern sind schon lange tot, seine Pflegemutter auch, und Geschwister hat er keine. Nur von Mone hat er ein paarmal erzählt, seiner Ex-Frau, die in Paris lebt. Ich mußte ihm jedes Detail aus der Nase ziehen, und zuletzt schloß er: – Wir haben es nicht besser gemacht als die andern. Da ließ ich ihn in Ruhe.

– Das Ich ist eine Erfindung, sagt Fritz, das Ich ist Musik. Für den Moment hast du Töne, und manche meinen, sie müßten sie auf Platte pressen. Sie berauben sich damit der Möglichkeit. – Aber den *Zauberberg*, erwidere ich, den willst du dreimal hören. Fritz lacht: – Es ist alles eine Frage der Interpretation. Er schweigt noch ein paar Takte und muß gehen.

Ich stiere den Stuck an der Decke an, während ein Pulsen sich breitmacht im Mundinnern. Um mich abzulenken, denke ich an Fritz. Die Stelle, wo er eben gesessen hat, ist noch warm. Ich streiche mit der Hand darüber, so leicht nur, daß sich keine der Einbuchtungen verwischt. Bis er wiederkommt, soll sich keine der Spuren entfernen. Ich werde einen Beweis haben, daß er eben noch bei mir war. Die Kuhle kommt mir vor wie ein Versprechen der Dauer, das nur da ist im Verschwundenen.

Fritz hat ein Kind, fällt mir ein, und es tönt so fremd, daß ich's laut mehrmals vor mich hinsage: Er hat ein Kind, er hat ein Mädchen. Wie alt ist sie? Acht, zehn? Fritz wirft alle Jahreszahlen durcheinander, am Anfang habe ich gedacht, er würde mich belügen. – Wie alt bin ich, fragt Fritz. Zweiundvierzig, wirklich zweiundvierzig, ist das wahr? Seine Tochter muß zehn sein, mindestens zehn. Sie heißt Nadine. Fritz hat ein Photo von ihr im Geldbeutel, darauf ist sie ein Baby und niedlich. – Damit ich an die Überweisung denke, sagt er. Jeden Monat überweist er nach Paris größere Summen. Mone sei nicht sehr zum

Leben begabt. Wie auch immer, sie hat es gut getroffen mit dem schlechten Gewissen von Fritz, das auch vor meinem Konto nicht haltmacht. – Hast du einen Fünfhunderter übrig für Mone? Sie braucht das Geld, und du kriegst's irgendwann wieder.

Ich spüre plötzlich, daß ich überhaupt nichts weiß von Fritz. Nichts von früher, nichts von seinen Reisen, nichts von dem, was er sich wünscht. Ich stehe auf, den Eisbeutel an die Backe gepreßt, und werfe eine CD ein. Das *Fritz Kobler Quartett: Rhapsody Not Cool.* Nach den ersten acht Takten des Pianos weiß ich wieder, wer er ist. Das erste Stück gleich, *Usher's Upturn,* variiert bis in die Fingerspitzen jene Zwischentöne, die ich nun brauche.

Als ich Fritz Kobler kennenlernte, war ich knapp zweiundzwanzig und Studentin im fünften Semester. Ich habe gekellnert, in der Bierhalle nahe der City, wo es noch richtige Halbe gab. In Krügen, die man auf der flachen Hand über der Schulter trug, zehn Krüge auf einem Tablett. Ich war damals noch magerkrank und daher sehr dürr; aber mit der bäurischen Sehnigkeit meiner Flaigen- und Mauchen-Großmütter balancierte ich das Tablett durch den Bierdunst. Und der Schaum troff herunter, der mir in die

Nase stieg und mich schwindeln machte. Fritz Kobler, der jede Nacht in der Halle spielte, fast jede Nacht, und heftig dem schwarzen Kaffee zusprach, gefiel das. So gut, daß er mir eines Nachts das Tablett abnahm und sich erkundigte, ob ich nichts anderes zu tun hätte, als mir hier die Hacken abzulaufen. Ich müsse doch völlig überarbeitet sein. Dann nahm er mich mit in sein Giebelbett, und dort schliefen wir drei Tage und Nächte durch, und hinterher ging ich nie wieder in die Halle zurück. Das Fritz Kobler Quartett entstand in seiner heutigen Besetzung, wurde schnell unter Kennern ein heißer Tip, und Fritz Kobler bekam ein Stipendium. Während ich mich zum Magister quälte, trieb er sich in Boston und Chicago herum, und einmal im Monat kam eine Ansichtskarte.

Viele haben mich, die kleine Studentin, um meine Beziehung zu Fritz Kobler beneidet. Ein Künstler, der langsam berühmt wurde, der mußte doch Geld haben! Und dann dies bohemienhafte Leben, die vielen durchspielten Nächte ...

Die Wahrheit ist, daß wir nie Geld hatten, weil Fritz damit nicht umgehen kann, und daß ich sehr bald diejenige war, die versucht hat, uns welches zu beschaffen. Darauf brauche ich mir nichts einzubilden, Fritz kommt auch ohne mich zurecht. Aber wenn wir Streit haben, was fast nie vorkommt, dann werfe ich es ihm an den Kopf: – Für dich habe ich meine Karriere geopfert. Das ist natürlich so absurd, daß ich lachen muß. Wo wäre denn meine Karriere? Ich bin nicht besonders musikalisch, habe auch sonst keinerlei Begabung. Und die Idee mit der Freizeitberatung, das lag Ende Achtzig in der Luft. Noch immer bin ich die erste Adresse in der Hauptstadt, wenn ich auch nicht mehr die einzige bin, aber die Konkurrenz muß ich so bald nicht fürchten. Mit untrüglichem Spürsinn hab ich ins Schwarze getroffen, was will ich mehr?

Als Fritz endlich kommt, bin ich in friedliche Gedanken versunken, und trotz der Wunde und dem Schmerz schon im Halbschlaf. Er nimmt seine CD, die sich leise und unaufdringlich wiederholt hat, aus dem Player und legt eine frische Cassette ein. – Das *Lacri Mozart One Tube,* sagt Fritz, wir sind schon ziemlich weit. Er legt sich zu mir, hellwach und in Kleidern, er riecht sanft nach Rauch und nach dem metallischen Staub des Proberaums.

Beim Erwachen hat sich der Schmerz in

mir eingenistet. Ein Blutfaden hängt bis zum Ohr. Meine Backe ist dick wie ein Ballon. Ich springe auf und schwanke. Ich habe Fieber und bin, wie ich im Bad erkenne, in der rechten Gesichtshälfte blau. – Du kannst nicht arbeiten, sagt Fritz, der hinter mir steht, und im Ganzwandspiegel des falschen Marmorbads zähle ich seine Rippen, vor allem kannst du morgen nicht mit nach Saarbrücken. – Wieso nicht, schreie ich, und es klingt eher nach Röcheln, das weiß man doch heute noch nicht. – Na gut, sagt Fritz, ich will mich nicht streiten; aber so, wie du aussiehst, gehörst du ins Bett. Mir laufen vor Wut die Tränen herunter. Wieso hab ich nicht dran gedacht. An die Komplikationen, die überall und immer auftreten können, vor denen keiner gefeit ist, und ich schon gar nicht? – In Gottes Namen, sagt Fritz, sei vernünftig. – Ich muß ran, erwiderte ich, wenn ich absage, dann stehen die Leut vor der Tür, und mir fehlen zweitausend Mark in der Kasse. Die Rate ist nicht abgezahlt für Dezember, die Steuer sitzt mir im Nacken, und Mone hat ihr Geld nicht. – Ach Mone, sagt Fritz, die kann warten. Ich mach die Überweisung von Frankreich aus, wenn ich nächste Woche auf Tour bin.

– Das wirst du vergessen. Mir geht es beschissen, und wir reden über die Kohle für Mone. – Werd endlich erwachsen, schreie ich, kümmere dich um deinen eigenen Krempel. Ohne zu duschen und ohne ein Wort steigt Fritz in seine Kleider. – Reg dich nicht auf, sagt er leise, bald hab ich wieder Geld, dann kriegst du alles zurück. – So? Interessant. Was machst du eigentlich mit deiner ganzen Kohle. Kannst du mir das mal sagen. Einar hat sich einen Porsche gekauft, Gunther versäuft alles mit Sammlerweinen, Siggi hat in vier Kinder investiert, und du, der Chef, hast noch nicht einmal Geld für die Gasrechnung. Das ist doch nicht normal.

Fritz schweigt. Er geht zur Tür, dreht sich um und sagt: – Aus deiner Sicht hast du recht. Durch mich rast ein Aufschrei, ich will rufen: Es tut mir leid! Verzeih mir, Fritz, es war nicht so gemeint. Ich bin glücklich mit dir, ich pfusche nicht in deinem Leben herum. Ich bin nicht so kleingeistig wie die andern. Was wär ich ohne dich, Fritz? Aber natürlich bin ich genauso wie sie, um keinen Deut besser, und ich rufe: – Hau bloß ab, du. Zu spät. Die Tür hat sich schon geschlossen. Ich dusche und schminke mir, so gut es halt geht, das Gesicht zu.

Beim ersten Klienten und Mokka ruft

Paule an: – Was ist, willst du Kino? – Ich bin krank, sage ich, wenn du's nicht glaubst, kannst du ja kommen und nachsehn. – Brauchst du Hilfe? Soll ich bringen? – Frohe Weihnacht, sage ich und lege auf. Der Klient, der zum erstenmal kommt und wie die meisten unentschlossen ist, weil er von sich selber keine Ahnung hat, bringt mich auf. So wird's nun den ganzen Tag weitergehen. Weihnachtsgeschäft mit der Dummheit. Wo bleibt meine Zartheit, wo bleibt der Witz, wo die Lust, diesen Leuten ironische Geschichten zu geben? Sie kommen und gehen und interessieren mich nicht. Sie tragen Mäntel mit staubigen Schneeflocken drauf, sie hinterlassen Pfützen auf dem weißen Plattenboden. Ich habe ihnen Programme zurechtgeschneidert, die für Tausende und Abertausende passen könnten, Programme zum ganz individuellen Totschlag des Lebens. Die Zeit zwischen Tod und Tod müssen wir schließlich irgendwie herumbringen. Wir hassen unsere Eltern, wir hassen unsere Kinder, und dazwischen das tägliche Fernsehprogramm.

Das Radio verkündet, es habe am Morgen überall in der Republik Massenkarambolagen gegeben wegen dem Glatteis. Menschen sind aus dem Haus gegangen und haben sich am Frühstückstisch noch gestritten. Dann sind sie in ihr Auto gestiegen, das am Bordstein stand, und haben sich gesagt: Jetzt bittschön erst recht. Hunderte werden nicht wiederkehren. Sie liegen in den Krankenhäusern oder in den Kühlfächern eines Bestattungsinstituts. Und die andern, die Millionen, die unversehrt sind, werden sie von nun an geläutert sein? Hat das Glatteis sie zu anderen, besseren Menschen gemacht? Lieber Fritz: Bist du gut zu Hause angekommen? Hat dich kein Stäubchen gestreift? Bist du da? Lebst du? Spielst du? Ich rufe an, aber es meldet sich keiner.

Der Tag geht herum, und ich wandle auf der Wolke, auf die das Schmerzmittel mich gesetzt hat. Ich wandle und wandle und sage mir: Was ich hier tue, das tue ich für Fritz. Ich werde ihm ein neues Klavier kaufen, den Flügel, den er sich so sehr wünscht. Nie wieder plage ich ihn mit Kleinlichkeiten.

Maria kommt und beseitigt die Pfützen, die – Eine Saukälte, sagt einer, hinterlassen hat. Sie kriecht auf dem Boden mit ihrer geblümelten Schürze, der dicke Arsch wackelt und die Krampfadern quellen, Maria stöhnt und greift sich ins Kreuz. Sie schnieft und hinterläßt lauter Lebenslaute, Äußerungen der

Wollust, über dem Putzlappen tätig und voller Würde zu sein. – Ich morgen auch kommen? fragt sie. Diese Scheißdreck hier, sollen die Leute mal selber wegputzen. Aber muß ich viel schaffen, viel Arbeit, viel Weihnacht, viel Geschenk: Maria lacht.

Dazwischen rufe ich Fritz an: – Woran merkst du, daß du mich liebst? – Daran, daß ich dir nicht gerecht werden kann. Sagt Fritz, der nicht abhebt, solche Fragen nicht schätzt. Ich schlucke noch eine Schmerztablette, watteweich und – Der nächste, bitte!, watteweich prasseln die Ratschläge herunter. Durchhalten, Anna, nur bis zum Abend noch, und all die Tage bis ans Ende der Zeit. – Warst du Zahnarzt, sagt Maria und zeigt mir lachend ihren Goldzahn, der neben der Lücke wie ein Pflaster klebt. O je. O Jesses nei.

– Wie geht's dir, fragt Fritz in den Hörer, als die Dunkelheit hereinbricht und vergessen macht, was war. Ist's besser? – Es geht, sage ich, danke. Und es dauert mich, bitte verzeih. – Aber was, erwidert Fritz, schon vergessen. (Nie kannst du einen Streit austragen, Fritz.) – Warst du beim Zahnarzt? (Nein.) Kannst du heute abend kommen, oder bist du zu krank? Wenn du kommst, dann heize ich ein und koche dir Kartoffelbrei mit Sahne. Oder willst du was andres? – Alles, bloß keine Blutwurst: Ich lache und klinge schon beinah normal.

– Willst du mit, fragt mich Fritz am Abend. Mir wär's lieber, wenn du zu Hause bliebest, aber wenn du meinst, fahr halt mit nach Saarbrücken. Du wirst in Einars Porsche gepackt, einen Schal drum, und ab geht die Post. Ich sehe in Fritz' besorgtes Gesicht und erwidere: – Lieber nicht. – Wie du meinst, sagt Fritz, behutsam und zögernd. (Lieber Fritz: Du mußt nicht glauben, daß du mir etwas schuldig bist.) – Dann fahren wir andern etwas früher, sagt Fritz, das ist mir sehr recht. (Du brauchst mich nicht trösten.)

– Magst du noch etwas, fragt Fritz, als der Kartoffelbrei gegessen ist, der sämig schmeckt und nach Gorgonzola. – Vögeln, sage ich. Fritz lacht: – Kannst du das denn? Ich überlasse Frédéric meinen Teller zum Auslecken und steige hinauf ins Giebelbett. Der Hauptbahnhof liegt mir zu Füßen, die Züge schieben sich hinein und hinaus, und Fritz streichelt mich zwischen den Beinen: – Soll ich dich vögeln, während du den Zügen zuschaust? – Nein, erwidere ich erschrocken. Fritz ist besonders sanft. Er hilft mir beim Ausziehen und bettet mich an sich. – Paß auf dich auf, wenn ich fort bin. Und auf Frédéric. Über Weihnachten kann er wohl mal ein paar Tage alleine bleiben. Oder soll ich ihn lieber mitnehmen? (Eine Katze unterwegs auf Tournee ist ein Ärgernis.) – Nein, laß. Wenn du schon tagelang nicht da bist, hab ich wenigstens ihn. – Vielleicht bleibe ich ein paar Tage länger, meint Fritz, Metz, Nancy, Colmar, Mülhausen, Straßburg, Troyes; ich mache einen Abstecher nach Paris. – Bist du an Silvester zurück? – Kaum, sagt Fritz.

Ich liege nur da und denke an die Züge. Dabei ist Fritz mit dem Auto unterwegs. – Verlaß mich nicht, Anna. (Ich?) Und denk manchmal an mich. Ich lege mich auf Fritz, und er schweigt. Ich versuche, mir ein Detail zu merken, an das ich mich später erinnern kann, wie lange wird es diesmal gehen, zwei Wochen, drei, ein Detail, das mir bleibt, während das übrige schwindet. Plötzlich fühle ich, Fritz trägt noch seine Strümpfe. Es sind warme Wollsocken, schwarz mit gelben Kringeln, die Wespenstrümpfe, die ich ihm einmal geschenkt habe zur Weihnacht. Der bestrumpfte Fuß berührt mich, und in der Sohle bleibt ein Kribbeln.

Am Morgen ist es kalt, so kalt, wie es daheim im Winter an jedem Morgen gewesen ist. Dann habe ich meiner Mutter eine Weile den Rücken gekratzt, wie ich jetzt Fritz den Rücken kratze, und sie ist seufzend aufgestanden und hinuntergestiegen und hat angefeuert. Ich bin im Bett geblieben, bis die ersten Wärmeschwaden im Zimmer standen, zaghaft erst und bald wohliger, und die Mutter mit der Waschschüssel kam, die sie auf das kleine Öfchen stellte. Auch Fritz steht jetzt auf, und der Atem weht ihm als Dampf vorm Gesicht. – Von mir aus, sage ich, bräuchte sich nie etwas zu ändern. Fritz schaut mich an: – Du siehst besser aus. – Es geht mir auch besser. Ich fahre trotzdem nicht mit, erwidere ich, weil ich spüre, daß Fritz das irgendwie lieber ist. Oder meine ich's bloß? Die Entscheidung fällt mir schwer. Ich muß sie selbst treffen; Fritz sagt zu allem Ja, das ist klar. – Wie du willst, Anna. Ich betaste meine Backe, die zwar weniger schmerzt, aber immer noch geschwollen ist. Daheim zu bleiben ist wohl wirklich vernünftiger, als im Weihnachtsverkehr auf verstopften Straßen zu stehn und alkoholfreien Glühwein vom Malteser Hilfsdienst zu trinken. Es wird nicht mein letztes Konzert sein mit Fritz; wozu also die Panik.

Der Abschied fällt schnell aus. Eine Umarmung, ein Küßchen, im Mund noch die Bitternis des Morgenkaffees. Fritz ist meiner Sehnsucht nach dem Zeremoniell seit dem letzten Abend aufs äußerste entgegengekommen. Unsere Abschiede sind häufig, und jedesmal verlange ich ein Pathos von ihm, das er verabscheut. – Ich liebe dich, Fritz. Er haßt solche Sätze, ihre Dürftigkeit, die fast schon an den Verrat grenzt. Und fühlt sich gezwungen, auf sie eine Antwort zu geben, die doch wieder nur ins Schweigen mündet; und in mir sägt etwas, der Zwang, den andern dauernd zwingen zu müssen. – Also tschau dann, und mach's gut. Ruf an, wenn was ist. Frohe Weihnacht und schönes Silvester. (Komm mit mir, Fritz, komm mit in den Schwarzwald.) Grüß Mone von mir.

Am Samstagmorgen erwache ich mit Salz auf den Lippen. Ich habe geweint im Schlaf. Die Backe ist unverändert, doch im Mund pulst kein Schmerz mehr. Es geht auch ohne Tablette. Ich hätte fahren können, ich Idiot. Oder vielleicht wär's dann auch schlimmer geworden. – Mr schteckt idd drin, sagte meine Mutter immer, wenn sie ratlos war und etwas nicht abschätzen konnte. Selbst wenn man bis zu den Zähnen drinsteckte! Da kommt mir eine Idee: Ich werde Fritz zu

Weihnachten eine Freude machen. Ich werde ihm seine Küche neu streichen! Jetzt, wo er nicht mehr Pfeife raucht und der Qualm in den Wänden kalt bleibt, wirkt das Grau besonders wüst. Fritz soll eine Küche haben, die frisch ist und behaglich und schick. Ich werde ihm Tür und Stühle lackieren, und eine neue Wachstuchdecke werden wir haben, mit einem bunten Muster bedruckt. Auch Eierbecher müssen her, die werde ich auf dem Weihnachtsmarkt besorgen, und eine neue Kaffeekanne mit einem anständigen Deckel. Die schönsten Posters werde ich in einen Glasrahmen pressen und sie hübsch in einer Reihe nebeneinanderhängen. Es wird gemütlich sein und fröhlich in der Küche, und es wird mich eine Weile beschäftigen.

Erst kurz vor halb acht ist's, und da ich mir diesen Tag freigehalten habe und heute morgen kein Klient kommt, wird die Küche am Montag blinken. Fritz wird strahlen. Er hat mir diesmal sogar einen Schlüssel gegeben, und so kann ich auch später an den Abenden kommen, nach der Weihnacht, falls ich jetzt nicht alles schaffe. Ich trinke Kaffee und freunde mich schier an mit dem Loch im Mund, über das in der Nacht ein feines

Schleimhäutchen gewachsen ist; auch ohne den Kamillentee, den ich nicht trinken mag, lockt die Heilung.

WOCHENLANG HAT SICH der frische Erdhügel nicht abgesenkt, der auf ihrem Grab war. Statt dessen haben sich Bläschen gebildet. Dort, wo der Schnee geschmolzen war und der Boden braun und schlammig, blubberten blauschwarze Bläschen. Ein wenig sahen sie aus wie Öllachen, wenn sie zur Ruhe kamen und als Rinnsale ins steinerne Wegle liefen. Ich habe mich immer bemüht, nicht hineinzutreten mit meinen Turnschuhen, weil man mir vom Leichengift erzählt hatte. Bin aber doch hineingetreten, manchmal, und dann habe ich mir daheim an der Tür die Schuhe ausgezogen, damit ich Mutters Bläschen nicht in der Wohnung herumtrug. An meinen Füßen würden sonst Warzen wachsen, groß wie die Bläschen und größer. Auch den Vater habe ich nach den Lachen gefragt, sie sind ja wirklich nicht schön gewesen; er hat den Kopf geschüttelt und gesagt, das Grab trage auf. Dabei hat er ein unwirsches Gesicht gemacht, in dem, kaum verborgen, die Besorgnis stand und die Angst, kann denn die Mutter nie Ruhe geben.

Nun habe ich auf einmal seine Hemden gebügelt, und er hat es, glaube ich, gar nicht bemerkt. Manchmal hat ein Knopf gefehlt, dann habe ich Mutters Porzellandose genommen, die aus den fünfziger Jahren war und zierliche Frauen zeigte. Darin fand ich den Knopf, der paßte, wenn ich mit der Rechten die Knopfmasse umgrub. Als kleines Kind hatte ich immer nach der Knopfdose verlangt, wenn ich krank war: – Mamme, ich will mit den Knöpfen spielen. Das war stets ein Zeichen, daß ich sehr hohes Fieber hatte.

Meine Mutter ist gestorben ohne Vorwarnung. Das heißt, es hat Signale gegeben. – Ich sterbe, hat die Mutter gesagt und ihr Testament gemacht. – Du spinnst, rief ich und wollte nicht sehen, wie die Mutter immer dicker wurde, immer aufgedunsener und bleicher. Sie war erst Ende fünfzig und schon eine alte Frau. Jetzt mußte bald das Alter kommen, in dem sie in sich zusammenschrumpfte, in dem sie das glatte, lange Haar grau werden ließ und es zu einem Nest zusammensteckte.

Es kam nicht soweit. An einem sehr kalten

Wintertag, mit Glatteis und Schnee, lag meine Mutter tot in ihrem Krankenhausbett. Den Grund habe ich nie genau erfahren. Ich weiß nur: Die Mutter hat nicht mehr geschnauft in der Nacht. Immer schlimmer ist es geworden mit ihrem Schnarchen, und zuletzt hat sie die Luft angehalten und nicht mehr geatmet. Als sie tot war, da haben alle gesagt, daß sie erstickt ist, aber so genau konnte man es nicht wissen. – Um zwei in der Nacht hat sie noch gesagt, nein ich brauche nichts, sagte die Schwester, sagte der Vater, um vier war sie tot.

Heute spricht keiner mehr von meiner Mutter. Schließlich sind bald zehn Jahre um, und ein Mensch verwest in sieben. Keiner in der Verwandtschaft erwähnt je ihren Namen. Ihr Tod war unfaßbar und wurde zum Tabu gemacht. Denn meine Mutter war eine vitale Frau, sie war's bis zuletzt. Sie hat auf der Straße Geschichten erzählt, daß sich der Makadam bog. Stundenlang hat sie sich die Sorgen der Bischöfe angehört. Nie hat sie auch nur eine Miene verzogen. Und dann kam sie in die Küche und rief – Wenn's das Zölibat nicht gäb, dann müßten die Herren nicht soviel kegeln. Was haben wir uns auf die Schenkel geklopft. – Fressen, beten, fressen, beten, sagte die Mutter und klopfte die Schnitzel, hoch lebe das katholische Freizeitheim.

Sie war die Mutter für alle, sie hat zugehört und gelacht, auch geweint mit den Gästen. Dabei Kartoffeln geschält und die Wäsche geflickt, zwanzig Brote eingekauft und die Schnitzel gewendet. Sie konnte für hundert Leute das Essen kochen und hat der einzigen Küchenhilfe dabei noch die Beichte abgehört. Sie war großartig, meine Mutter. Und sie wußte das.

Als ich klein war, konnte ich das Wort Humor nicht von Tumor unterscheiden. Und als einer sagte, die Mutter habe Humor, da bin ich furchtbar erschrocken und dachte, sie müsse bald sterben. Denn eine Nachbarin, die ich mochte, und die mich am ersten Schultag mit der Mutter ins Café begleitet hatte, das hinter dem Bäckerladen lag und verblendete Schmetterlinge in den Scheiben hatte, die war an einem schlimmen Tumor gestorben. Einmal, als ich wütend war und meine Mutter in die Brust boxte, da krampfte sie die Hand darüber und sagte: – Jetzt krieg ich einen Tumor. – Bitte nicht, schrie ich, aber es war schon zu spät. Meine Mutter würde durch meine Schuld sterben müssen. Sie nahm die zweite Hand vor den Mund, weil sie weinte. – Mamme, schrie ich, vergib! Bitte nicht sterben, bitte nicht. – Schon zu spät. Die Mutter nahm die Hand vom Mund, und ich sah, wie sie lachte.

Natürlich werden von der katholischen Kirche Waffen verschoben, Gelder gewaschen, Drogen und Sexzeitschriften mitfinanziert. Das wissen wir längst, darüber regt sich keiner mehr auf, Gottes Auge sieht alles. Anders ist's, wenn es einen plötzlich selber trifft. Meine Mutter gab auf, weil die katholische Kirche sie aus ihrem Leben entlassen hat: vierzehn Jahre Arbeit, vierzehn Stunden täglich, ohne Sonntag, ohne Urlaub, ohne Arbeitsvertrag. Sie war mithelfende Familienangehörige und arbeitete zum steuerfreien Satz. Bis eines Morgens die Kündigung kam. Weil sie Forderungen gestellt hatte, eine Rente verlangte? Weil der Vater nicht länger geduldet war? Weil ein anderer kam, der jung war und fromm? Wir wußten es nicht, und wir wollten's nicht wissen. Warum wo wann welcher Geschäftsführer mit welchem Bischof gesprochen hatte, was scherte uns das? Ein weiteres Mal ließ sich die Mutter jedenfalls den Boden nicht unter den Füßen wegreißen. Sie hat gestrampelt, sie hat gekeucht, sie hat gefleht und sich auf den

Boden geworfen. Sie hat die Luft angehalten, sie wurde ums Leben gebracht.

Natürlich ist keiner schuld. Natürlich darf man keine Namen nennen. Natürlich spreche ich nie darüber, und schon gar nicht öffentlich. Meine Mutter hat geschuftet und gelacht und geschuftet, für einen Gotteslohn, und das vierzehn Jahre lang. Dann hat man sie, von einem Tag auf den andern, in ihrer Hausmeisterwohnung eingesperrt. Sie durfte den Rest des Schlößles, in dem sie vorher jeden Tag geputzt und gekocht und geschafft hatte, nicht mehr betreten. Wenn sie ins Haus kam, dann ging sie die Treppen hoch, sah nicht nach links, nicht nach rechts. Nicht einmal ihren Parkplatz hatten sie ihr gelassen, aber die Mutter war weiter fröhlich und pfiff und suchte sich eine Anstellung im Krankenhaus.

Die bekam sie auch, im Frühjahr, in demselben Krankenhaus, in dem sie im Winter gestorben war. Der Personalchef konnte es nicht fassen, als ich mich am Telefon mit Flaig meldete (– Sie können kommen, die Stelle ist frei!) und sagte, die Mutter ist tot. Er fragte noch dreimal, ob er richtig verstanden habe. Die Mutter hatte auf ihn einen gewaltigen Eindruck gemacht. Sie hat alle beeindruckt, und doch hatte sie damals kaum noch Kraft. Manchmal ist sie fast im Stehen eingeschlafen und war dermaßen matt, daß ich mich fragte, wie sie wieder auf die Beine kam.

Früh schon hat meine Mutter, die so viel und so gern redete, eine Art Sprachnot befallen. Immer häufiger fielen ihr Wörter aus, und sie sagte dafür: Dings. – Holst du mir mal das Dings aus dem Keller? Der Dings hat angerufen. Geh mal ins Dings hinüber und sag dem Dings, er soll das Dings mitbringen. Sie selber merkte es nicht oder erst, wenn man sie entnervt darauf hinwies. Mit der Zeit brauchte sie immer länger, bis ihr das vergessene Wort wieder einfiel, und immer öfter rief sie verzweifelt: – Dings halt.

Zwei Sätze bestimmten das Sprechen meiner Mutter zunehmend. Der erste war klar zu verstehen und hieß: – I han so gnuag. Sie sagte ihn am Morgen, sie sagte ihn am Abend, die Mutter hatte genug, sie konnte nicht mehr. Der zweite dagegen war kompliziert und hat mich, da ich ihn nicht entschlüsseln konnte, die ganze Kindheit über beschäftigt: – Des woaß i au idd. Nie begriff ich, ob die Mutter etwas, das *ich* nicht wußte, *auch* nicht wußte, oder ob sich ihr Nichtwissen auf eine schier endlose und immer noch wachsende Anhäufung ihr allein innewohnender Fremdheit bezog. Sicher war, daß die Mutter auf Fragen, auch auf allereinfachste, immer häufiger antwortete, das wisse sie auch nicht. Sie war so müde, daß sie die schlichtesten Dinge nicht mehr wußte oder nicht benennen konnte, und das hat den Vater oft gegen sie aufgebracht.

Als der Opa starb und in den Sarg gesteckt und durch das Stubenfenster übers Frühbeet hinausgebracht wurde, war ich nicht dabei, weil ich auf dem Sonnensofa in der neuen guten Stube der Eltern einen Mittagsschlaf halten mußte. Aber ich habe gehört, wie das Holz des Sargs gegen den Fensterrahmen stieß und einer der Träger rief: – Obacht, der Kerle ist mordsschwer. Die Weihrauchschwaden sind zu mir hereingezogen, und die Oma atmete sie ein und schrie: – Opa, Opa, bleib mir da! Herr Stadtpfarrer, sie nehmen mir den Mann weg!

Als es Abend war, setzte ich mich in die alte Stube allein ans Fenster und streichelte die Stelle im Rahmen, wo der Sarg des Opas eine dicke Schrunde hinterlassen hatte. So, wie ich später die Löcher des letzten Makadams streicheln würde, aber das wußte ich damals noch nicht.

Erst viel später habe ich erfahren, daß mein Opa 1919 bei den Arbeiter- und Soldatenräten gewesen ist und auf dem Cannstatter Wasen eine solch flammende Anti-Kriegs-Rede hielt, daß die Massen ihre Leintücher in Saublut tunkten, bis sie zündrot waren, und im ganzen Ländle eine gewaltige Revolution bevorstand. Da aber sei die Oma gekommen, habe den Opa am Ärmel gezupft und gezischt: – Machst du wohl, daß du heimkommst? Denn die Oma konnte den Kommunismus nicht leiden, sie kam vom Broghammer-Hof und fürchtete nichts mehr als die Gleichmacherei durch den Reichtum. Streng hielt sie sich zeitlebens an den Bibelspruch: Leichter geht ein Kamel durch ein Nadelöhr als ein Reicher in das Himmelreich. Wenn alle reich würden, so wären alle verloren; und deshalb war der Kommunismus des Teufels. Als bigotte Katholikin empfand sie jeden sozialen Aufstieg als Bedrohung. Da ließ sie den Opa lieber ins Wirtshaus gehen und dicke Zigarren rauchen, als daß sie das Geld auf die Bank trug. Niemals in ihrem langen Leben hat meine Oma eine Bank betreten; mein Opa hatte seine zwei-, dreihundert Mark in einem Käßchen unter den Wollsocken im Schrank, und nachdem er gestorben war, hat es noch lange im Schlafzimmer nach Bratwurstfett gerochen, nach Rasierseife, goldenen Uhren und Wirtshaus.

Mein Opa soll ein Bastard des Kuckucksuhrenfabrikanten gewesen sein, in dessen Fabrik er später arbeitete. Als junger Mann soll der Kuckucksuhrenfabrikant den kleinen Buben, der später mein Opa wurde und der damals unter den Bäumen am Bach spielte, oft vor sich auf seinen Schimmel gesetzt haben und mit ihm ausgeritten sein. Damit wäre auch das Geheimnis um das Kruzifix gelöst, das die Urgroßmutter im Geburtsjahr des Opas gegen das Dorf aufrichtete. Auch die Verstrickung zwischen dem Kukkucksuhrenfabrikanten und dem Opa als Erstem Gewerkschafter wäre geklärt, ferner die Frage, warum mein Opa seinen Geschwistern nicht gleichsah, sondern zeitlebens ein eleganter Mann war; selbst die merkwürdigste aller Fragen fände eine Antwort, warum nämlich der Kuckucksuhrenfabrikant, der die Roten so fürchtete, ausgerechnet meinen Urgroßvater vor dem Tor seines Schlößles bauen ließ und den Großvater nie von dort verjagte.

Aber ich glaube die Geschichte trotzdem nicht. Denn sie stammt von meinem Onkel, der wie der Opa inzwischen an Krebs operiert ist und von Jahr zu Jahr zu einem phantastischeren Geschichtenerzähler heranreift. – S isch wirkle wohr gsi, ruft der Onkel, und sonst weiß keiner von nichts. Ich werde mit der Ungewißheit über meine Herkunft leben müssen, und es wird weiterhin rätselhaft bleiben, wieso ich die Fähigkeit habe, Uhren durch meine bloße Anwesenheit im Raum oder durch eine knappe Berührung zum Stehen zu bringen.

Ich trage die wollenen Socken, die einst die Mutter für mich gestrickt hat, graumeliert, zwei-links-zwei-rechts, mit verstärkter Ferse und Spitze, unverwüstlich für alle Ewigkeit. Es sind diese Socken, die uns die Mütter unsterblich machen. Da sitzen sie in ihren Schaukelstühlen, beharrlich behende mit den Nadeln klappernd, und dieser Nachdruck im Knacken der Gelenke – denn sie wissen schon, daß wir ihre Socken tragen werden, wenn sie längst in ihren Gräbern liegen, daß es diese Socken sind, die wir von ihnen mitnehmen in unsere Leben, in denen das Leben der Mütter sich fortsetzt. Je näher eine Mutter dem Tod steht, desto wütender strickt sie; und so hat meine Mutter kurz vor dem Ende auch für meine Freunde gestrickt, wie die Mütter der Freunde für mich gestrickt haben, als ihr Leben zur Neige ging; und wenn der Winter kommt, dann hole ich alle diese Socken heraus und trage Sorge, daß nirgends ein Loch hineinkommt. Es ist ein wenig, als trage man den Tod an den Füßen, und jede unserer Bewegungen führt uns durch die Krankenzimmer mit dem Geruch nach Sagrotan, vorbei an weißen, eingefallenen Wangen auf Kissen, die ewig gebügelt sind. Unsere Mütter wollen uns fesseln, sie wollen mit hinüberwachsen in die Nachwelt und bei uns bleiben alle Tage, was ihnen mit dem Strickstrumpf gelingt.

Nichts ist glühender vor geduldiger Erwartung als ein kleines Mädchen, das von der Mutter in der Wärme des Winters ins Spiel der Wolle eingewiesen wird, das die fünf Nadeln sich vor den Bauch klemmt, mit dem festgezurrten Faden auf dem vor Aufregung klammen Zeigefinger. Und nur deshalb wird der Eifer dieser sockenstrickenden Mädchen von den Vätern so geliebt: Weil sie darin das Einverständnis mit der Erziehung zur späteren Tauglichkeit erkennen, die Einweisung ins Sterben der Mütter. Ich habe spät erst, dann aber sogleich mit einer Verzweiflung gestrickt, die das Fallbeil, das über der Familie hing, einen Moment lang noch aufhielt. Das Glück der Eltern war an jenem Sonntag vollkommen, als ich die Spitze des ersten Strumpfes vollendet hatte. Den zweiten mußte meine Mutter stricken, ich hatte keine Lust mehr, sie tat es mit der Befriedigung des heimlichen Vergleichs. Noch heute habe ich einen häßlichen und einen schönen blauen Strumpf, einen verzogenen und einen gleichmäßigen; einen, der die Mühe, und einen, der den Ertrag zeigt.

Meine Mutter schätzte es, mich, während wir beide in den Schaukelstühlen strickten, vor der Leere ihres Lebens zu warnen.

– Heirate nie, sagte die Mutter, und krieg bloß keine Kinder. Wie der Mann brutal ist, sind die Kinder undankbar. Ihr habt mich zu eurem Arbeitssklaven gemacht, ihr werdet schon sehen, wie das ist, wenn ich nicht mehr bin. Der Gedanke daran, nicht mehr dazusein, die Verhältnisse auf die einzige ihr mögliche Weise hinter sich zu lassen, erfüllte meine Mutter mit einer Genugtuung, die mich ängstigte. Wie muß sie gelacht haben, auf ihrem Totenbett, als sie unsere betretenen Gesichter sah, die Gesichter einer Familie, die nie etwas anderes im Sinn gehabt hatte, als die Mutter zu schikanieren. Die

Mutter, die alles zusammenhielt, mit der die Streitereien, die wir über ihrem Kopf austrugen, hinabfuhren ins Grab, wo sie böse Bläschen bildeten.

Ohne die Mutter war die Not zwischen dem Vater, dem Bruder und mir offenkundig. Der Sündenbock war uns weggestorben. Mit dem Tod der Mutter begann ein Schweigen zwischen uns, das in die Erstickung mündet; wir, die Übriggebliebenen, sind lebend Erstickte. Von ihr gibt es keine Totenbilder wie die der Oma, vor denen ich mich im Kämmerle in acht nehmen mußte, und die den Stoff abgaben für die Alpträume meiner Kindheit. – Wie ist sie lieblos und undankbar, flüsterten die Flaigen vor der Leichenhalle und zeigten mit dem Finger auf mich, willst du nicht hineingehn und der Mutter Lebwohl sagen? Stur stand ich draußen, mit blauen Lippen und klapperndem Gebiß – Bäp-bäp-bäp –, in Mutters schwarzen Mantel mit der Brosche gehüllt, der mir viel zu weit war. Aus Protest gegen die Ekelhaftigkeit des Daseins und im Auftrag der Mutter hatte ich mir vorgenommen zu verhungern: Bei der Beerdigung wog ich noch fünfunddreißig Kilo.

Meine Mutter hat ihr Leben lang keine einzige Beleidigung, die man ihr angetan hatte, hinter sich lassen und vergessen können. Alles schrieb sie auf Zettel auf, die sie dann auf den Stapel ins Kämmerle legte. Der Stapel der Beleidigungen aus vierzig Jahren wuchs und wuchs zu einem einzigen, riesenhaften Entsetzen, das allen Entschuldigungen trotzte.

Für die Protokolle, die meine Mutter führte, und die über die Gemeinheiten der ganzen Familie Auskunft gaben, benutzte sie das Papier, das sie vorfand. Bisweilen gestattete sie sich dabei eine gewisse Ironie, etwa wenn sie die Wutanfälle des Vaters, der nachts aus dem Wirtshaus kam und Streit suchte, Wort für Wort auf der Hochzeitskarte notierte oder auf dem Notenpapier für den Kirchenchor. Immer hielt sie sich streng an die Wahrheit, sie fügte nie ein erfundenes Wort hinzu.

Als ich aus dem Haus ging, habe ich viele dieser Zettel mitgenommen. Sie hat alles sauber für mich protokolliert, damit ich gezwungen bin, es laut in die Welt hinauszuschrein: Seht, das hat man einem Menschen getan. Aber niemals öffne ich die Kartons, in denen die Stapel versteckt sind und nach Mutters Museum noch riechen, nach nasser Schafwolle und Gummischuhen und Wirtshaus.

Ich will das Elend der Mutter, das mir den Atem nimmt, nicht kennen; nicht wissen von dem, was mich hier festbindet. Nie hat sie einen Hehl daraus gemacht, daß ich vor allem dazu gut bin, sie nachträglich zu erlösen. – Ich sterbe, hat sie vor ihrem Tod gerufen, und du wirst schreiben, warum.

Der Roman meiner Mutter, den zu schreiben ich ihr am Ende geschworen habe, zwingt mich für immer in ihre Schuld. Ich müßte sie hassen für das, was sie von mir verlangt hat. Ich müßte die Geschichten, die sie mir erzählt hat, vergessen und ihre Zettel verbrennen. Doch gäbe es aus der Verstrickung kein Entrinnen. Ich hasse meine Mutter nicht. Ihr Haß nagt in mir und zerfrißt das Bild der andern, der Peiniger.

Wenn die Weihnacht kam, dann hat meine Mutter das Strickzeug zur Seite gelegt und an den Abenden Brötle gebacken, Springerle und Ausstecherle und Durchgetriebene für alle, für die dreihundertzwanzig Gäste des Freizeitheims. Mein Vater hat den Baum geschmückt, der im Festsaal des Schlößles bis zur Decke ging, Granulatscheiben hat er drangehängt und Zapfen und Spanbündel, stolz ist er gewesen auf seinen guten Geschmack. Dann hat es ein riesiges Fest gegeben zur Christnacht, der Stadtpfarrer ist gekommen und hat eine Rede gehalten, und ich habe Klavier gespielt. *Stille Nacht* haben wir gesungen und *Ihr Kinderlein kommet,* es hat nach Brötle geduftet, nach Orangen; wie haben die kinderreichen Familien gestrahlt, wie hat die Mutter gestrahlt, wenn sie die Teller austeilte, und nebenbei nahm sie in der Küche die Hennen aus, fünfzig Hennen für die Weihnacht, damit die kinderreichen Mütter am Fest vor dem Kochen ihre Ruhe hatten.

Meine Mutter hat alles auf sich genommen, an Mühe und Zwietracht im Leben der anderen, rotbackige Freude hat sie verbreitet. Mit mir sang sie *Stille Nacht* zweistimmig, und dann ging's achtstimmig weiter im Kirchenchor, *Stille Nacht,* ich immer nur im Mezzosopran, und darüber glockenhell und freudig die Mutter, deren unbeirrbare Stimme den Vater einst angelockt hatte; was er bereute, wie sie aufschrieb, wofür er ein Leben lang zahlen mußte, eine Schlampere neben sich, eine Zigeunere.

Ich wäre, wenn ich gedurft hätte, ein stilles Kind geworden, innerlich ist's immer still gewesen in mir, und im lauten Überschwang des Christfests ist mir aufgegangen, daß ich die Einsamkeit *ohne* die andern nicht kannte, daß ein Engel mich von der Großfamilie direkt ins Freizeitheim geführt hat, wo ich einsam sein durfte unter wechselnder Belegschaft. Wo andere Kinder in der Kleinfamilie darben, hatte ich das Leben um mich, das gelackte Leben, mit Bischöfen in Talaren, in violetten Käppis und Rollkragenpullovern zur Freizeit; ich lernte Psychologen kennen, Familientherapeuten, mit zwölf Jahren habe ich Freud gelesen, Zivildienstleistende brachten mir bei, was Pazifismus ist. Ich habe Familien kennengelernt aus Bremen und Besigheim, ich war kaum in der Schule und wußte alles übers Leben, ich konnte Hochdeutsch sprechen und verstand Platt. Ich hatte einen eigenen Park und eine Skipiste, ich wuchs unter Menschen und mit Gott auf, an nichts hat es mir je gemangelt.

Wer vertrieben wird und in einem Haus gedeiht, in dem es vor Fremden wimmelt, der begreift früh, daß nichts bleibt. Kaum hat man sich an Gesichter gewöhnt, schon steigen die Menschen in ihre Autos und fahren auf Schneeketten davon in die Städte. Nie weiß man, ob man den einen oder andern wiedersieht, ob in einem Jahr oder zwei. Die Einsamkeit meiner Schulkindzeit war laut und voller Hennen und Schnitzel und Feste. Ich bin eigentlich kein Kind mehr gewesen, sondern eine emsige, frühreife Familienangestellte, die Tische abräumte und dazwischen viel las. Daß ich immer genug Lesestoff hatte, dafür hat meine Mutter gesorgt. Sie kaufte mir Bücher, wann ich bloß wollte, und wenn ich krank war, was oft vorkam, gleich zwei.

Ich fürchtete mich vor dem Tag, an dem die Stimmen verstummen, an dem das Gewimmel sich auflösen würde. Ohne das Getriebe des Freizeitheims würde nichts mehr bleiben als die Düsternis des Schwarzwalds und das Geputzte der Holzkreuze auf den Gräbern. Unter so einem Kreuz würden die Eltern einst liegen, wenn Stille einkehrte und mich fortriß aus dem Dorf.

Am heiligabend bediene ich den letzten Klienten mit dem Glücksgefühl, daß bald alles vorbei ist. Es ist ein Intellektueller, der sich darüber beklagt, daß die einzige Möglichkeit zu seiner Zerstreuung das Fernsehprogramm ist. Er geht nicht gern aus dem Haus, und so habe ich ihm eine Liste mit Büchern gemacht, die ich aus den Rezensionen in der FAZ und der ZEIT eigens für ihn zusammengestellt habe und die er bis zu meiner Wiederkehr nach den Festtagen anlesen soll, aber Herr Dr. Kleyn rümpft nur die Nase: – Hat Ihnen dieser Roman wirklich gefallen? Also, nach dem, was dieser Schirrmacher darüber in der FAZ schrieb, wird er mich zu Tode langweilen. (Na bitte. Kleyn kann Schirrmacher nicht leiden, das hätte ich wissen sollen.) Die Unduldsamkeit gegenüber der Langeweile, die fehlende Kunstfertigkeit im Umgang mit der Stechuhr, quält Hunderttausende; mit diesem Zuspruch entlasse ich Kleyn und packe meine Sachen. Daß Kleyn zudem Einschlafprobleme hat, vertagen wir auf die Nachweihnacht; trotzdem kommt er nochmals zurück und drückt mir, während ich Seidenunterwäsche in die Tasche werfe, schnell noch eine Flasche Sekt aus der Weinhandlung gegenüber in die Hand. Es ist meine Lieblingsmarke, der Weinhändler weiß das, und ich danke Kleyn und versichere, ich würde den Schampus zusammen mit der Familie im Schwarzwald trinken.

Die Leute in der S-Bahn sind so gestreßt, daß ich Herzklopfen bekomme. Ich denke an Fritz' Küche, und mir wird warm dabei. Alles hat so köstlich nach Farbe gerochen, daß die Nachbarin mit einem Kaffee heraufgekommen ist. Sie erklärte sich sogar bereit, über die Festtage für Frédéric zu sorgen; was mich erleichtert, weil ich weiß, daß der Kater sich schämt, wenn er in eine verschissene Kiste pinkeln muß.

Trotzdem gehe ich schnell noch einmal bei Fritz vorbei, um nach dem Rechten zu sehen und mich über den Anblick zu freuen. Im Hausgang riecht's noch immer nach Lack; bis gestern, Dienstagabend, hab ich geschuftet, und zum Schluß sogar noch die Wohnungstür überstrichen. Frédéric empfängt mich irritiert; er ist Pfeifenrauch gewohnt und eine

Entziehungskur durch Farbdämpfe paßt ihm nicht. Ich biete ihm ein Wurstrādle an, das im Kühlschrank liegt und sich an den Kanten schon hochbiegt. Alles ist geworden, wie ich's haben wollte: hübsch und heimelig und freundlich. Keinesfalls eine sterile Küche, aber auch nicht mehr verwahrlost. In der Ecke türmen sich die Posters und Photos, die ich nicht mehr aufhängen konnte. Nur die besten habe ich hinter Ikea-Glas gesteckt, die von den tatsächlich bedeutsamen Konzerten. In einen großzügigen Rahmen habe ich die Photos geklebt, die mir am schönsten schienen, ein paar Aufnahmen vom Quartett, ein Portrait von Fritz, das in der ZEIT abgedruckt war, zweimal das Baby Nadine. Auch eine Collage aus Zeitungsausschnitten habe ich zusammengestellt, mit abgerissenen Karten und Quittungen, Fahrscheinen und Fanpost, Souvenirs vergangener Touren.

Ich streichle Frédéric ein bißchen und schreibe Fritz einen Zettel, obwohl ich ja weiß, daß ich vor ihm zurückkommen werde: – Frohe Weihnachten, Fritz! Dann nehme ich die Straßenbahn zum Hauptbahnhof; nur zwei Türken sitzen noch darin, und auch im Bahnhof sieht's merkwürdig leer aus. Die Kauftruppen aus der Vorstadt haben längst das Weite gesucht, sind daheim und richten den Baum auf. Die wenigen, die sich hier noch herumtreiben, wirken ausgestoßen. Am Aufgang zur Schalterhalle liegt in seinem Erbrochenen ein Mann, halb bewußtlos vor Fusel. Auf ihn wird mit dem Finger gezeigt: – Guck mal, der da, doch es klingt die Angst durch. Eine Streife macht Bullenjogging hinter einem Mann her, dem die Hunderter aus der Tasche fallen.

In der Halle, die ohne Warteschlangen gespenstisch ist, tönt gedämpft *Alle Jahre wieder* und *Laßt uns froh und munter sein.* Ich komme sofort dran und löse die Fahrkarte in mein Dorf. Ich muß den Ortsnamen viermal sagen; auch der Name der Kreisstadt, in der ich umsteigen muß, kommt der jungen Beamtin, die sächsisch spricht, so merkwürdig vor, daß sie auflacht. Dann steige ich in den Zug, der nach Zürich fährt und weiter nach Rom, Neapel. Italienische Familien haben sich in den Abteilen ausgebreitet, ein Püppchen in Lackschuhen, mit weißen Rippenstrumpfhosen nagt am Weißbrot. In den Gängen stehen Schachteln von Windeln, in denen sich das Haushaltsgeschirr für die Verwandtschaft türmt. Überall Koffer, marlbororauchende C&A-Männer, Stöckelschuhmütter und dazwischen ich. Ich setze mich dem Püppchen gegenüber und bekomme von der Mutter sofort Weißbrot und Mortadella angeboten. – Fährsch au hoim? Sie schwäbelt einwandfrei, aber da sie nie im Leben gesiezt wurde, siezt sie mich auch nicht. Obwohl sie mich, was am Eindruck von Cäsars Truppen auf die Mauchinnen liegt, zweifelsohne für eine Italienerin hält, spricht sie mit mir das, was für sie Deutsch ist. – Jo, sage ich. – Woisch, erwidert sie und reicht mir ein Fläschchen Aranciata, i hab bis zletscht schaffe müsse. Dann erzählt sie von der Verkäuferinnentätigkeit am Wurststand bei Hertie, bis ihr Mann die Zigarette austritt und hereinkommt.

Die Verbrüderungen, die sich mit Italienern in Zügen vollziehen, sind mir das Liebste an der Heimfahrt. Sie müssen in Regionen zurückreichen, die archaisch sind; mit dem Verstand ist mein Faible für das Italienische nicht mehr zu begreifen. Dann, stets, fliegt der Betrug auf: Am letzten Provinzbahnhof Richtung Schwarzwald steige ich aus und um, und die Familien bleiben mit den Weißbrotkrümeln als Geleimte zurück. Nun folgt, nach einstündigem Warten in einem verräucherten, eiskalten Bahnhofszimmer, eine lange Strecke mit dem Bus. Die Leere dieses Busses, die immer gleich ist, sie ist in ihrer Melancholie nicht zu überbieten. Alle, auch Minderjährige, Behinderte, Säufer und Rentner, fahren hier ein dickes Auto; und wer keins hat, der heiratet einen, und der hat eins.

Während allmählich die Dämmerung den Schmutz der Felder eindunkelt, fallen auf die Scheiben große Tränentropfen. In den letzten Tagen ist's lau geworden, in den Äckern läuft der Schnee zu trüben Pfützen zusammen. Im Bus riecht's nach dem Schnupfen längst nach Hause gefahrener Schulkinder, nach den Triefnasen und den speckigen Unterröcken der Omas, die sich haben auf den Friedhof karren lassen. Der Busfahrer, den ich noch aus der Schulzeit kenne und der nun ein alter Mann geworden ist, nimmt seine Mappe und steigt irgendwo an der menschenleeren Straße aus, wo sich am Horizont einige Höfe abzeichnen. Er wird abgelöst von einem jungen Türken, dem dieser Tag nicht heilig ist: Er dreht das Radio auf, und aus dem dringt *Help*.

Die Dörfer, durch die wir fahren, sind verödet. An den Geschäften leuchten die Festglühlämpchen und Weihnachtssterne nur noch für sich. Auch hinter den blitzeblanken

Scheiben der Zweifamilienhäuser ist es dunkel. Denn es wird hier gespart, und noch gibt's einen Rest an Tageslicht; auch leuchtet das Geheimnis heller als Kerzen, und nur ab und an brennt in einem Wohnzimmer bereits der Christbaum.

Die Stille der Straßen ist trügerisch. Ein tödlicher Autounfall am Heiligabend ist für die Dorfjugend des Schwarzwalds ein Initiationsritus. Sobald es dunkel ist, geht's los, ohne Rücksicht auf Verluste; mit der Freundin und einer Flasche Schnaps kreist man in Vaters Auto ein paar Runden. Wer's überlebt, ist aufgenommen, und heut ist das ideale Wetter.

Mein Heimatdorf hat nur eine Haltestelle, und ich bin der einzige Fahrgast. Deshalb muß ich schnell das Signal drücken, damit der Fahrer auch anhält. Sonst fährt er gleich weiter ins nächste Dorf, wo ihm die ersten Jugendlichen auf klammem Asphalt entgegenschießen. Beim Aussteigen spüre ich schon die Abendkälte, die einem von unten her entgegenkriecht. Das Dorf liegt hoch, und der Boden ist schon angerissen. In zwei Stunden wird es spiegelglatt sein. Bis zu dem Neubaugebiet, wo der Vater mit der Stiefmutter wohnt, ist's eine halbe Stunde zu laufen. Das Haus, in dem sie leben, steht da, wo früher das Feld war, schräg oberhalb des Großvaterhofs. Der Vater hat es mit der Mutter noch gebaut, nachdem das alte Mauchen-Haus endlich verkauft und abgerissen war. Jetzt steht es zwischen ähnlich villenmäßigen Achtzigerjahre-Bauten, mit ihren stilisierten Schwarzwalddächern und dem verschämt darunter verborgenen Kreditkartenreichtum. Die funktionalen Klötze aus den sechziger und siebziger Jahren, einst der letzte Schrei und meiner Kindheit eiskalter Schrekken, wurden inzwischen eingeplättelt und hinter hohen Bäumen versteckt. Dort wohnen die Leute, die es nie zu etwas bringen, oder die erst noch am Bauen sind.

Das Neubaugebiet meines Heimatdorfes, das die Felder und Wälder meines Kindseins zudeckt, ist der gepflegteste Flecken Deutschlands. Hier hat kein einziger der pro Häuschen vier Kleinwagen auch nur eine Rostbeule. Die Hauswände sind sauber getüncht, die Hecken gestutzt, nirgends liegt Schnee, der nicht frisch ist. Die Menschen verbringen ihren Tag mit Putzen und der Kontrolle der Nachbarn. Ihnen wird die Freizeit nie zum Problem. Sie fragen sich nicht, ob sie glücklich sind, dafür sind sie zu beschäftigt. – *S isch wia's isch,* klingt es aus den halboffenen Hauseingängen, während ein Besen den Schmutz unterm Schuhabstreifer zusammenkehrt. Und auf ein – *Wia goht's?* antwortet man: *Mr isch froh, wemmer äll Dag uff si ka,* eine Formel, die sich in ihrer Prägnanz durch nichts übersetzen läßt.

Der Vater, der in der Tür steht, sagt, – so. Seit ich ihn im Sommer zuletzt gesehen habe, ist er noch etwas kleiner und dünner geworden. Oben im alten Dorfkern fangen die Glocken an zu läuten. – Guten Abend, sage ich und gebe dem Vater die Hand. Hinter ihm gehe ich die Stiegen hinauf. In der Wohndiele sitzt die Stiefmutter am Tisch vor einem Kartenspiel, einem Teller Weihnachtsbrötle und einer roten, halb heruntergebrannten Kerze. – Grüß Gott, sie drückt mir die Hand und nimmt die Karten wieder auf. – Sie ist grad am Gewinnen, der Vater lacht und setzt sich wieder zum Sechsundsechzig. – Wie geht's? – Gut, sage ich, und euch? – Trumpf, sagt die Stiefmutter. In ihre weißen Haare sind Lockenwickler eingedreht, dazwischen schimmert rosig die Kopfhaut. Sie trägt einen Trainingsanzug aus den siebziger Jahren, in dem sie noch drahtiger wirkt. Der Vater streicht sich mit der vertrauten Geste das Haar nach hinten. Es ist noch immer dunkel und voll und mit Wasser zusammengeklebt. Was nichts nützt, denn die Haare sind störrisch, und wenn er sich jetzt heftig bewegt, fallen sie ihm ins Gesicht, das violett und alt und zerstört ist, und über dem die Pracht dieser vergebens gebändigten Haare künstlich wirkt.

Die Stiefmutter hat wieder gewonnen. Sie mischelt die Karten und teilt aus. Der Vater deckt ihr auf der Schippenkarte einen Punkt auf. Er greift sich an die Brusttasche, in der früher die Zigaretten steckten. Er läßt die Hand fallen und hustet, das vertraute, harte Geräusch, das mich als Kind oft aus dem Schlaf geschreckt hat. Wortlos sackt der Vater die Karten ein. Diesmal gewinnt er, – sechsundsechzig. Und pfeift tonlos, während er sich einen Punkt aufdeckt.

Ich sitze am Tisch und ziehe mein Strickzeug aus der Tasche, blauschwarze Socken für Fritz. Die Karten fallen, die Nadeln klappern, bis die Stiefmutter mit der Faust auf den Tisch schlägt und aufspringt: – Ich muß mich richten. – Iß auch ein paar Brötle, sagt der Vater. Ich nehme einen Buttermond, weil die meine Mutter nie gebacken hat und ich sie daher, weil's keinen Vergleich gibt, besonders mag. – Nicht die, ruft die Stiefmutter, die ißt die Thekla so gern, und ich will ihr welche mitgeben. Also lege ich das angebissene Brötle vor mich hin und fange wieder an zu stricken.

– Letzte Woche ist der Kingen Karle gestorben, sagt der Vater. – Woran, frage ich. – Was weiß ich, erwidert der Vater, er hat halt gesoffen. Alt war er noch nicht, ein Neunundzwanziger, zehn Jahre jünger als ich. Was macht das Geschäft? – Blendend, sage ich, es läuft prima. – So, sagt der Vater, zieht sich stöhnend am Tisch hoch und verschwindet im Schlafzimmer. Bald darauf ist Wasser zu hören und die schrille Stimme der Stiefmutter, die mit einem Bügelbrett und einem Hemd wieder auftaucht. – Jetzt sind wir schon so lang verheiratet, ruft sie, und du weißt immer noch nicht, wo die frische Seife ist. An mir vorbei geht sie in die Küche.

Ich packe die Tasche und gehe ins Gästezimmer, das noch nicht geheizt ist. Früher einmal hatte es mein Zimmer werden sollen, gleich neben der Tür und mit eigenem Bad. Jetzt ist es mit den alten Schlafzimmermöbeln meiner Eltern vollgestellt und mit einigen Sachen von mir, dem Sitzkissen, den

Flickenteppichen, der Gitarre. Meine Stiefmutter hat mir eine Hälfte des Ehebetts bezogen mit der blaukarierten Bauernbettwäsche der Großeltern, die sie immer nur für mich nimmt, und zwar mit eben jenem Bezug, unter dem mein Opa vor über zwanzig Jahren gestorben ist. Das kann sie freilich nicht wissen, aber ich habe mich vor diesem hellblauen Bettzeug, das etwas neuer ist als das andere, der Mauchen-Opa sollte in anständigem Bettzeug sterben, die ganze Kindheit hindurch geekelt. Heute habe ich keine Angst mehr, im Gegenteil, die Wäsche gibt mir die Sicherheit, etwas Vertrautes gegen das Fremde setzen zu können.

Mit dem Kosmetikköfferchen gehe ich ins Badezimmer und stecke mir die Haare hoch. Dann schminke ich mich ab und um und zu, so dunkel und dick wie möglich. Niemand soll mein Gesicht sehen, niemand soll erkennen, wer ich bin. Erst als es draußen nach Bratwurst riecht, gehe ich wieder hinaus. – Kann ich etwas helfen? – Nein, sagt die Stiefmutter, die in ein beiges Kleid gesteckt ist mit einem Blumenmuster. Die Lockenwickler sind herausgezogen, und der Kopf beugt sich über den Kartoffelsalat. Meine Mutter hat ihn mit der Hand gemischt, und ich habe mich oft geschämt, wenn sie sich schlürfend den Salat von den Fingern saugte, bevor sie die Hände im Spülwasser wusch. Jetzt aber, da ich sehe, wie die Stiefmutter mit dem Holzlöffel in den Kartoffeln herumsticht, möchte ich der Mutter sagen: Du hast völlig recht gehabt. Die Stiefmutter nimmt die Plastikschüssel, in der sie den Kopfsalat gewaschen hat, und kippt das Wasser in einen Eimer. Den stellt sie mir ins Bad unters Waschbecken. Sie wird das Wasser noch einmal zum Putzen benützen, auch wenn es eiskalt ist und winzige Salatfetzen darin schwimmen. Meine Mutter hätte darüber gelacht, sie hat das Bad in der Hausmeisterwohnung alle sechs Wochen geputzt, wenn ich es nicht freiwillig vorher tat; und schon gar nicht mit eiskaltem Salatwasser, sondern mit ordentlich viel Schaum und einer gehörigen Wut über die Dreckränder. Die Mutter war für den täglichen Hausputz in einer Wohnung, die von ihr, die dauernd schaffen mußte, nur für ein paar Stunden Schlaf benutzt wurde, auf keinen Fall zuständig, und darunter hat mein Vater gelitten. Ich, wenn ich ehrlich bin, auch; ich wünschte mir eine saubere Wohnung wie die Freundinnen sie hatten. Die trotzdem kamen, weil ich ihnen halbe

Marmorkuchen auf den Tisch stellte, die die Bischöfe übriggelassen hatten, und ihnen die Hausaufgaben machte.

Mit dem Strickzeug setze ich mich wieder an den Tisch. Ich kann der Stiefmutter doch nicht beim Decken helfen, ich nehme die falschen Messer; der Vater macht die Wohnzimmertür auf, – *Festliche Weihnachtsmusik,* ruft er; die Platte ist noch aus dem Freizeitheim, und während nun James Last sein *Morgen, Kinder, wird's was geben* anstimmt, sehe ich die Brötleteller vor mir, für jede kinderreiche Familie einen, und auf dem Wollfaden laufen mir Generationen von Kindern entgegen, angesteckt vom Strahlen der Mutter.

Die Stiefmutter bringt Salat und Bratwurst, ich hole mir den Senf aus dem Kühlschrank und einen Schluck Weißwein, der mir zu süß ist. – Was suchst du, fragt die Stiefmutter. Der Vater setzt sich ächzend an den Tisch und steht wieder auf. Vor dem abstrakten Kruzifix aus dem Freizeitheim wird gebetet. Dabei werden die Worte ohne jede Betonung und wie aus großer geistiger Ferne gesprochen. Ich nehme mir eine halbe Wurst. – Iß, sagt der Vater, damit du etwas wirst. Der Vater schlingt und schmatzt, die Stiefmutter stochert und kräuselt die Lippen.

– So, jetzt sind wir wieder alle satt geworden, sagt sie und legt ihr Besteck weg. Es ging rasend schnell, ich habe noch gar nicht richtig angefangen, schon greife ich wieder nach dem Strickzeug. Der Vater holt eine Flasche Wein aus dem Keller, der teuer und süß schmeckt. – Weißt du noch, sage ich, ich war dreizehn, und du hast mir den Geschmack der Weine beigebracht. Du hast an einem Abend zehn Gläser nebeneinander auf den Küchentisch gestellt, und aus jedem mußte ich einen Schluck probieren. Dann mußte ich sagen, ob er bitter oder räs schmeckt, ausgereift oder blumig. Hinterher hat mir der Wein geschmeckt, ich hab mir eine Cola geholt und konnte die Gäste seither mit Weinen besser bedienen. Ich konnte sie sogar phantastisch beraten, das hast du selber immer gesagt. Der Vater weiß es nicht mehr.

Nachdem er ein Hemd bekommen hat und die Stiefmutter einen neuen Untersatz für ihr Rührgerät und ich fünfzig Mark in einem Umschlag, nachdem zwei Drittel des Muskatellers getrunken sind und von der Stiefmutter ein paar Schlucke saurer Sprudel, bin ich mit dem Socken bei der Ferse angelangt, und es ist Zeit für die Mette. Wir fahren mit dem neuen Auto, obwohl es glatt ist und die

Stiefmutter sagt: – Schad wegen dem Salz. Bis der Vater einen Parkplatz gefunden hat, gehe ich mit der Stiefmutter voraus, aber sie will auf einen andern Platz als ich. – Der Vater geht sowieso in den Chor hinauf, sagt sie. – Ich singe in der Stadt auch, erwidere ich, aber heute nicht.

Die Kirche ist alt, es sind Fresken an den Wänden, die der Vater aufgefrischt hat, als der Krieg vorbei war, es sind furchterregende Fratzen. Als ich ein Kind gewesen bin, da haben die Fratzen zu mir gesprochen, da erwachte der Herr Jesus im Arm der Heiligen Mutter Gottes, mit dicken, braunroten Wunden, aus denen das Blut spritzte, das Blut mit den schwärzlichen Strahlen, die sich nach außen hin aufhellen, zu einer Ahnung von Gold. Nie habe ich später einen solchen Herrn Jesus gesehen wie den, den der Vater gemalt hat. Riesenhaft leuchtet er aus der Wand neben dem Tabernakel, vorn am Altar, auferstanden im Arm seiner Mutter. Ich habe ihn angestarrt, als Kind, bis ich weinte und nach hinten sah, in die murmelnden Münder der alten Weiber, und die Mutter hat mich in den Arm und auf den Schoß genommen und mir unters Glockenröckchen gefaßt, so daß ich ihre Hand auf dem Schenkel fest spüren konnte, und hat geflüstert: – Annale, guck nicht nach hinten, das ist eine Sünd. Nach vorn mußt du schauen, zum Lieben Heiland hin, der die Kinderlein so gern hat, versprich mir das. Dann hat die Mutter mich wieder heruntergelassen, und ich stand stramm auf den Beinchen, aber den Herrn Jesus, den mochte ich nicht mehr anschauen, mit dem zurückgeworfenen Gesicht, das voller Schmerzen war.

Ich biß die Zähne zusammen, ganz fest aufeinander, daß es knirschte, und sah mir die Hüte an, der alten Weiber in der vorderen Bank. Ich stellte mir vor, was passierte, wenn ich einer den Hut vom Kopf nahm, immer ärger mußte ich mir das vorstellen, bis es so arg war, daß ich dachte, jetzt tu ich's. Dann tat ich's nicht, und ich merkte, daß ich es nicht tat.

Achtstimmig *Stille Nacht* singt der Kirchenchor jetzt, und ich schaue den Lieben Heiland an. Der Vater hat recht: Die Proportionen stimmen. Stolz hatte er früher erzählt, er habe die Proportionen des Lieben Heilands beim Übermalen an die Wirklichkeit angeglichen, so daß er nun ein richtiger Mensch sei, nur viel größer eben. Eigentlich ist es sogar ein schöner Mensch, ein schöner Mann, ein bißchen mager vielleicht, aber sehr fein und sehr hingebungsvoll auf seinem Laken ausgestreckt. Feste, etwas sehnige Arme, jeder Strich betont, jeder Muskel, bis in die feingliedrige Hand, die auf die Wunde zeigt. Der zurückgebogene Hals, die geschwungene Linie zum Kinn. Der Bart, der so kurz ist, daß die Haut durchscheint, als dürfe keine Kontur des Gesichts verlorengehen, ein energisches Kinn. Gesicht wie Rumpf im Halbprofil dem Betrachter zugewandt, der Körper schier unverhüllt, am Unterleib lediglich die Falten des Tuchs. Der Rumpf verharrt in einer natürlichen Spannung, die in den Gliedern ausschwingt, als würde der Liebe Heiland sich sogleich aufbäumen. Senkrecht nach unten fällt das dunkle Haupthaar, das an den Enden leicht gewellt ist. Das schmale Gesicht ist nach oben gerichtet, steil nach oben, mit weit geöffneten Augen und einem Mund, in dem ein Schrei steckt.

Ich kenne den Stadtpfarrer, der die Christmette hält. Es ist derselbe, der jedes Jahr ins Freizeitheim kam und den kinderreichen Familien eine Gesegnete Weihnacht! wünschte, der damals der Mutter die Hand gedrückt hat, zu dem sie beichten ging mit ihrer Kündigung. Er hat sie begraben und das letzte

Gebet gesprochen an der Grube, aus der daraufhin die Bläschen stiegen. Plötzlich weiß ich, daß im Schrei des Lieben Heilands nicht der Schmerz ist, nicht der Tod, sondern Wollust. Ein letztes Rucken, das über den Körper geht, dann lehnt er sich zurück, wischt sich ab mit dem Tuch. Maria, die sich zu ihm heruntergebeugt, er wird sich wälzen in ihr, er wird sie ganz und gar umschlingen. Der alte Mann, der einmal KZ-Aufseher gewesen ist, dreht sich nach mir um und reicht mir die Hand: – Frohe Weihnacht, Fräulein Flaig. Die Mette ist aus, und draußen wartet die Stiefmutter: – Wir haben deiner Mutter ein Lichtlein aufs Grab gestellt.

Am Morgen schmeckt mein Mund salzig. Ich muß wieder geweint haben in der Nacht, aber ich fühle nicht mehr die Kraft zu widersprechen. Beim Mittagessen esse ich alles auf, auch das Fleisch, obwohl sich mir eine schwere Hand auf die Gurgel legt und ich mich endlos entleeren möchte, bis ich so dünn bin, daß ich durch den Türspalt verschwinde. Ich lege mich hin zu einem Mittagsschlaf und bin wieder fünf Jahre alt und weiß, daß meine Mutter mich hört. Es gibt zwei Wörter dafür: Denkhörer oder Hördenker. Ich weiß nicht, welches das richtige ist, aber es ist das Gerät, mit dem sie in mein Gehirn eindringt, mit dem sie immer und allezeit kontrolliert, was in mir vorgeht. Meine Mutter weiß alles, sie ist allmächtig. Wenn sie aus dem Haus geht, dann schreie ich, ich schreie so lange, bis sie wiederkommt. Sie muß mich hören, aber sie hört mich nicht. Deshalb plärre ich lauter, ich hänge mich aus dem Fenster dabei, bis die Nachbarn kommen und sagen, – guck mal, das Kind, seine Mutter hat es verlassen.

Wirr steigen die Erinnerungen auf, auf Vaters Seite im alten Ehebett, in den Sterbetüchern des Opas, am Heiligen Tag. In mir bekriegen sich die alten Befehle. *Halt den Mund und sei eine von uns* lautet einer, und der andere: *Du mußt hinausgehen und der Welt sagen, wie es uns ergangen ist.* Ich spüre, daß ich dem Ende der Verstrickung nahe bin. All die Jahre habe ich mich an eine versunkene Welt gekettet. Die Verhältnisse sind längst schon dahingegangen, aber ich bin noch da und kämpfe gegen sie an. Das heißt, ich habe all die Jahre gar nichts getan. Ich habe funktioniert und gewartet und bin meiner Mutter immer ähnlicher geworden. Nun werde ich Fritz verlassen und in eine große Stadt im

Norden ziehen. Ich werde meine Eigentumswohnung verkaufen und mit dem Geld auf Reisen gehn. Ich werde Paris sehen und Prag. Ich werde mir die Welt erobern, und mich nicht mehr fürchten vor der Verschnürung.

Gegen Abend bin ich so elend, daß ich nicht widerspreche, als eine Schulfreundin anruft und mich zum Jahrgangstreffen einlädt. Das findet in der einzigen Szenekneipe der Kreisstadt statt. – Ich hol dich ab, sagt Vreni, die entsetzt ist, daß ich immer noch kein Auto habe. Ich schminke mich vor dem großen Spiegel im Gang, vor den stummen Blicken der Stiefmutter und des Vaters. Wie sonst nagt in mir eine Schuld, doch ich bin bereit, sie jetzt zu beenden. Von draußen, da hupt es, das muß Vreni sein, das Schminkzeug in die Tasche und hinunter. Vreni fährt einen schicken Fiat und fängt sofort an zu sprechen. Sie arbeitet bei einer Versicherung, da ist dauernd etwas los. Vreni lacht und redet und sagt von der Seite: – Du hast dich gar nicht verändert.

In der Kneipe sind wir mit die ersten, und ich bestelle einen Wein, den ich sofort zur Hälfte austrinke. Schon jetzt ist klar, daß ich mich still besaufen werde, sonst halte ich die Enge und Angst nicht aus. Es wird das letzte

Mal sein, daß ich meine Schulkameraden sehe, doch der Gedanke tröstet mich nicht. Von vielen kenne ich nicht einmal mehr den Namen, ihre Gesichter sind feist geworden, feist und zufrieden. Hier lassen sich nur die blicken, die es wie ich zu etwas gebracht haben; ein Hochschulabschluß zahlt sich nach wie vor aus, wenn man hinterher aufs Land zurückkommt. Ich versuche, ihnen Geschichten zu geben, doch es fehlt mir der Mut. Tumb höre ich zu, von Zahnarztpraxen und dem Glück der Geburt.

Erst beim zweiten Glas taue ich auf. Ich habe mir Zigaretten gekauft und rauche eine nach der andern. Schnell bin ich am Tisch der Mittelpunkt. Aufstrebenden jungen Männern und Frauen erzähle ich Schwänke aus meinem Beraterinnendasein und bin eben bei der Sache mit Paule und den Maden im Müll, als die Scham mir bis in die Schläfen klopft. Welch ein Verrat, doch bin ich nicht zu bremsen: – Sah aus wie weiße Bohnensalat. War aber nix mit Bohnensalat, war alles Würmer und Maden auf Laster, und die sind mir reingerutscht in Gummistiefel, weißt du, war ganze Gummistiefel voll mit kleine, glitschige Tiere. Man biegt sich vor Lachen. – So warst du schon immer, Anna, sagt ein Unbekannter, der Christian heißt. Ich bestelle mir ein drittes Glas und gerate zu meinem Entsetzen ins Politisieren: – Die Ohnmacht des einzelnen, rufe ich. Wir brauchen keinen Faschismus mehr, an dessen Stelle ist die absolute Kontrollierbarkeit durch die Technologie getreten, die das Auslöschen des einzelnen viel nachhaltiger bewerkstelligen wird. Das Resultat ist Entfremdung, nicht nur bei der Arbeit, sondern in sämtlichen Situationen des Alltags. Das, was uns umgibt, versteht heute kein Mensch mehr, und das, was er tut, auch nicht. Schon das Lösen einer Fahrkarte ist ein Mysterium, und wir sind im Vergleich zu unseren Vorfahren alle gezwungenermaßen Idioten.

Die ersten meiner sechs Zuhörer wenden sich dem Nachbartisch zu; sie spüren, ich hab meinen Zenit überschritten. Ich weiß es auch, ich sollte nach Hause, jedoch ist es noch früh und keiner da, der mich fährt. Stockend rede ich vor abgebröckeltem Publikum weiter: – Wir leben nach einem geistigen Atomunfall! Dieser Satz bringt mich nach einem Dreiviertelliter dazu, meinen Jahrgang zu beschimpfen: – Feige Schleimer seid ihr, denen das System von früh auf die Scheiße in den Rachen geschoben hat, die ihr heute auskotzt.

Jetzt hören auch die andern wieder her, sie lauschen mir mit der gleichen zwanghaften Belustigung wie einem Penner. Sie verachten mich, aber sie wollen Zuschauer sein ihrer eigenen Verachtung, weil sie nämlich befürchten, selbst eines Tages abzurutschen. Ich bin noch nüchtern genug, ihnen das an den Kopf zu werfen, aber nach dem vierten Glas wird's mir übel, und meine Zunge versagt über der Kompliziertheit der studierten Gebilde. Trotzdem trinke ich noch eins oder zwei.

Wie ich ins Haus des Vaters gekommen bin, das weiß ich am nächsten Morgen nicht mehr. In stinkigen Kleidern liege ich im alten Ehebett, und Nässe klebt mir zwischen den Beinen. Plötzlich weiß ich, ich bin spät in der Nacht in einen Autounfall verwickelt gewesen. Vrenis Wagen hat es mehrmals überschlagen. Mit einem Sprung lande ich auf unsicheren Beinen. Vater wie Stiefmutter sind bei der Stephanstagmesse. Ich erbreche mich lange ins Klo und steige zitternd unter die Dusche. Dann schlüpfe ich in frische Klamotten und schlucke ein Schmerzmittel. Langsam schwindet der Unfall wie ein böser Traum. Trotzdem ziehe ich den Mantel an und suche draußen nach Spuren.

Ich brauche nicht lange. Fünf Kurven weiter liegt Vrenis Auto im Acker. Ich kann mich an das Innengefühl des Überschlagens erinnern. Der Fiat ist vollkommen ausgebrannt, aber an mir konnte ich keine Spuren entdekken. Die Kleider stanken nicht einmal nach Qualm, nur nach Zigaretten. Das Auto muß in Brand geraten sein, nachdem ich es verlassen hatte. Ich muß aufgestanden und zu Fuß nach Haus gegangen sein. Von Vaters Telefon rufe ich bei Vreni an, mit der Gewißheit, daß sie tot ist. Sie ist sofort am Apparat. – Mein Gott, warst du blau, sagt sie, es war eine ganz schöne Arbeit, dich ins Bett zu kriegen. Du hast dich mit Händen und Füßen gewehrt. Sie lacht und stockt plötzlich: – O Gott, deine arme Mutter. Was du uns noch über deine Mutter erzählt hast. – Das Auto, sage ich, ist das nicht dein Auto im Acker. – Welches Auto, Vreni lacht wieder, mein Auto steht draußen. Ich kann's von hier aus sehen. – Na, dann. Ich hänge ein, ziehe mich aus und verschwinde unter der Bettdecke.

Tags drauf packe ich schon vor dem Essen die Tasche. – Daß die Ausländer auch so dackelhaft in der Gegend herumfahren müssen, sagt die Stiefmutter, die mit dem Soßenbinder in der Hand am Fenster steht und zusieht, wie der ausgebrannte Wagen abgeschleppt wird. – Das hat denen einen Denkzettel verpaßt, erwidere ich folgsam. Diese Weihnacht war wie immer: eine Überforderung, und nun ist sie vorbei. Der Vater guckt zum zehntenmal auf den Fahrplan: – Dreizehn Uhr eins. Sein Finger zittert auf der Tabelle. Die Stiefmutter tischt auf, und wir bekreuzigen uns über gemischtem Braten mit Erbsen und Kartoffelbrei. – Nimm Fleisch, sagt der Vater. Ich plappere über meine Beratungsstelle, während der Vater schlingt und die Stiefmutter stochert. Fast glaube ich meiner eigenen Munterkeit, unter der sich Erschöpfung breitmacht, selbst nach über zwanzig Stunden Schlaf. – Oh je, hatte ich einen Kater. Keiner reagiert.

Zu Fuß gehe ich zur Haltestelle. – Komm auch mal wieder, hat der Vater gesagt. Bei beiden habe ich mich artig bedankt. Die Stelle, wo mein Geburtshaus stand, habe ich nicht mehr besucht. Auch das Schlößle mit dem Freizeitheim nicht. Selbst in den Wald bin ich nicht gegangen; ich weiß ja, wie zerstört es dort ausschaut. Ich will die Neubauten nicht sehen und nicht die verdorrenden, nadelnden Tannen. Ich will nicht im Park meiner Kindheit dem erschrockenen, jungen

Hausmeister die Hand drücken, der mich anstiert, als erschiene ihm meine Mutter leibhaftig. Trotzdem wähle ich denselben Weg, auf dem ich früher in die Klavierstunde gegangen bin, und meide die neuen Straßen, die ich nicht kenne.

Ich denke an Fritz, als der Bus kommt, in dem außer dem Fahrer zwei Verrückte sitzen, ein Mann und eine Frau, die sich über die leeren Bankreihen hinweg ankeifen. Beide müssen in die Anstalt der Kreisstadt zurück. Während dürftig verschneite Äcker an uns vorüberziehen, schmiert sich der Mann Fettcreme ins Gesicht, bis er aussieht wie ein verirrter Clown. Ich betrachte die geschwungenen Linien der Hügel, und in die vertraute Zeichnung der Landschaft mischt sich das Klavierspiel von Fritz. Ich vermisse ihn so sehr, daß *ich* glaube, verrückt zu werden. Sofort werde ich vom Hauptbahnhof zu seiner Wohnung fahren, dort in der frischgeweißelten Küche das *Lacrimosa* einlegen und Fritz zu den Proberaumklängen meine Geschichten erzählen. Oder nein, ich werde ihm einen Brief schreiben, den ich auf dem neuen Wachstuch hinterlasse, zusammen mit einer Kerze und einem Zweig. Ich werde einen Brief schreiben, der gleichzeitig eine Geschichte ist, die Anfang sein könnte einer Geschichte. Meiner Geschichte. Aber es ist nur das Sirren der Räder, das mich in solche Gedanken einspinnt. In Wirklichkeit werde ich nur am Küchentisch sitzen, mit Frédéric auf dem Schoß, und lauschend meine letzte Zigarette rauchen.

Wir sind da. Der Bahnhof ist mäßig belebt. Kofferfamilien stehen herum. Der Qualm in der Wartehalle ist lau. Die Rückfahrkarte habe ich. Am Kiosk gibt es eine einzige überregionale Zeitung. Es ist noch Zeit, und ich kaufe sie. Zum Zeichen des Abschieds und des Wiederbeginns: Ich muß doch wissen, was in der Kultur los ist. In der Unterführung zu den Zügen lese ich: *Hier ist nix los*. Das gefällt mir gut, und es steht hier schon lang. Jetzt haben andere danebengesprayt: *Schlagt sie, wo ihr sie trefft.* Obwohl ich nicht weiß, wer *sie* sind, ist ein Teil von mir sofort mit dem Spruch einverstanden, während der andere sich fürchtet. In einem Land, in dem die Gegner derart anonym sind, erkennt man auch die eigenen Verbündeten nicht.

Bis zur Ankunft des Zugs sind es noch dreizehn Minuten, aber schon sorgen sich die Eltern, ihr Kleines könne auf die Schienen fallen. Rüde wird zurückgezerrt. Eine sportliche Mutter packt ihren vor Langeweile läppisch umherwankenden Sohn und zieht den Reißverschluß seines Anoraks hoch. Dabei haut ihre Hand ihm gegen das Kinn. Ich setze mich auf die winterkalte Bank und fische aus der Zeitung das Feuilleton. Unter einem Photo zu einer Aufführung von Igor Strawinskys *Agon* prangt fett und verspätet: *Macht hoch die Tür, das Tor macht weit.* Mir entgegen recken sich die Innenseiten gespreizter Schenkel, und ich denke: Es müßte heißen; *die Tor* macht weit. Ist das nun Schlampigkeit oder ironische Absicht? Die Lautsprecherdurchsage meldet die baldige Einfahrt des Zuges. Ein sehr kleines Kind wird von seiner Mutter hochgehoben und darf auf dem Bahnsteig einen Brief einwerfen. Die Mutter hält sogar die Klappe auf, und das Kind läßt seinen Brief fallen. Gern wäre ich in dieser Sekunde das Kind.

Ich widme mich wieder dem Feuilleton, obwohl ich zerstreut bin. Das Kind, der Brief, der sogleich einfahrende Zug, das alles vermindert meine Aufmerksamkeit. Obwohl solch ein Blick in die Zeitung auch schön ist: Man liest, und man liest auch nicht. Vor allem, man entfernt sich. Mein Blick fällt auf die Meldungen, die ich gern lese, weil sie kurz sind. Ich lese: DER STUTTGARTER JAZZMUSIKER FRITZ KOBLER ist am 23. Dezember im Alter von 42 Jahren in einem Pariser Krankenhaus nach langer, schwerer Krankheit gestorben. Kobler hat sich vor allem mit seinem gleichnamigen Quartett in der internationalen Szene durchgesetzt. Aber auch als Solist und Komponist hat er Herausragendes geleistet. Sämtliche Konzerte, die vom *Fritz Kobler Quartett* zwischen Neujahr und Dreikönig in der Region angesagt sind, entfallen. Die Karten werden an den bekannten Vorverkaufsstellen zurückgenommen. (Ein ausführlicher Nachruf folgt in der morgigen Ausgabe.)

In diesem Moment steht der Zug. Ich habe sein Herannahen nicht gehört. An den Türen bilden sich kleine Pulks. Die Leute verabschieden sich und steigen rasch ein. Schon wird von drinnen gewinkt. – Was ist los, ruft der Schaffner, es ist Zeit. Oder wollen Sie etwa nicht mit? – Doch, doch, sage ich und falte die Zeitung zusammen. Langsam stehe ich auf.

Christa Wolf
im dtv

Foto: Isolde Ohlbaum

Der geteilte Himmel
Liebesgeschichte zur Zeit des Mauerbaus in Berlin
dtv 915

Nachdenken über Christa T.
Frauenleben im Osten Deutschlands
dtv 11834

Kassandra
Deutung der antiken mythologischen Frauengestalt in ihrer Suche nach den Ursachen von Gewalt und deren Überwindung
dtv 11870

Voraussetzungen einer Erzählung: Kassandra Frankfurter Poetik-Vorlesungen
Bericht über eine Griechenlandreise, Nachdenken über Kassandra, über weibliches Schreiben
dtv 11871

Kindheitsmuster
Auf den Spuren der Kindheit im Nationalsozialismus
dtv 11927

Kein Ort. Nirgends
Fiktive Begegnung zwischen Karoline von Günderrode und Heinrich von Kleist
dtv 11928

Was bleibt
Erzählung um die psychischen Folgen von Bespitzelung
dtv 11929

Störfall
Tschernobyl, April 1986. Eine Reaktion auf die unfaßbare Nachricht
dtv 11930

Till Eulenspiegel
»Eine Wut in sich, die er nicht los wird.« Till Eulenspiegel zur Zeit Luthers und Karls V.
dtv 11931

Im Dialog
Reden, offene Briefe, Aufsätze und Gespräche während der Wende
dtv 11932

Matt Ruff:

Fool on the Hill

Nicht zu fassen, was an amerikanischen Universitäten alles passiert, jedenfalls wenn man diesem haarsträubenden Campus-Roman glauben darf, in dem der junge Schriftsteller S. T. George einen Drachen steigen läßt und sich in die schönste Frau der Welt verliebt, der Kobold Puck der Elfe Zephyr nachjagt und Blackjack und Luther in den Himmel für Katzen und Hunde aufbrechen. Ein Märchen? Eine Love-Story? Ein Heldenepos für Freunde von Hobbits und Kobolden? Eine Shakespeare-Parodie? Ein Schauerroman? All das und noch viel mehr ist der »Narr auf dem Hügel«.

dtv 11737

Eveline Hasler
im dtv

Anna Göldin
Letzte Hexe
Roman · dtv 10457

Die erschütternde Geschichte des letzten Hexenprozesses in der Schweiz im Jahre 1782. Die eigenwillige und schöne Anna Göldin, die als Frau und als Dienstmagd am untersten Ende der sozialen Stufenleiter steht, wird zum Opfer des bornierten, frauenverachtenden Justizapparats und der bürgerlichen Selbstherrlichkeit in der Provinz.

Novemberinsel
Erzählung · dtv 10667

Eine junge Frau zieht sich mit ihrem jüngsten Kind ausgerechnet im November auf eine Mittelmeerinsel zurück in der Hoffnung, aus einer psychischen Krise herauszufinden.

Ibicaba
Das Paradies in den Köpfen
Roman · dtv 10891

Im 19. Jahrhundert sind Hunger und Elend in einigen Kantonen der Schweiz so groß, daß es zu einer riesigen Auswanderungswelle ins »gelobte Land« Brasilien kommt. Doch das vermeintliche Paradies entpuppt sich für die meisten als finstere Hölle.

Der Riese im Baum
Roman · dtv 11555

Die Geschichte Melchior Thuts (1736–1784), des *größten* Schweizers aller Zeiten. Ein historischer Roman, der das 18. Jahrhundert in seiner ganzen Gegensätzlichkeit zeigt: als Epoche, in der die Wurzeln unseres modernen Denkens, aber auch der modernen Fehlentwicklungen liegen.

Die Wachsflügelfrau
Roman · dtv 12087

1899 bewirbt sich Emily Kempin-Spyri, die erste Juristin im deutschsprachigen Raum, um eine Stelle als Magd. Vorausgegangen ist ihr einzigartiger Aufstieg als Kämpferin für die Frauenrechte in der Schweiz und in New York, ihre Ehe mit dem Pfarrer Walter Kempin, Geldnöte, Auseinandersetzungen, schließlich der Ruin.

Joseph von Westphalen im dtv

Foto: Isolde Ohlbaum

Im diplomatischen Dienst
Roman · dtv 11614

Frauenliebhaber Harry von Duckwitz ist unangepaßt, zynisch, unpolitisch – und ausgerechnet Diplomat geworden. Leben und Wirken dieses schrägen Vogels in diplomatischen wie auch weiblichen Kreisen in einem unterhaltenden und scharfzüngigen Schelmenroman.

Das schöne Leben
Roman · dtv 12078

Ex-Diplomat Harry von Duckwitz versucht den Zusammenbruch seines Vielfrauenimperiums zu verhindern und eine neue Weltordnung zu schaffen.

Das Drama des gewissen Etwas
Über den Geschmack und andere Vorschläge zur Verbesserung der Welt
dtv 11784

Eine einzigartige Definition des guten Geschmacks, die hohe Kunst des Seitensprungs, eine Anleitung für Führungskräfte – diese und andere elementare Bereiche des Daseins finden sich in den Geschichten von Joseph von Westphalen meisterhaft und lästerlich kommentiert.

Dreiunddreißig weiße Baumwollunterhosen
Glanz und Elend der Reizwäsche nebst sonstigen Wahrheiten zur Beförderung der Erotik
dtv 11865

Zeugnisse des deutschen Geistes.

Das Leben ist hart
Über das Saufen und weitere Nachdenklichkeiten zur Erziehung der Menschheit
dtv 11972

Über Ärzte, Broker, Photomodelle und andere Helden unserer Zeit.

Die Geschäfte der Liebe
dtv 12024

Bissige, boshafte und brillante Geschichten über Liebe, Talkshows, Buffets und andere Bereiche des Lebens.

Ulla Hahn im dtv

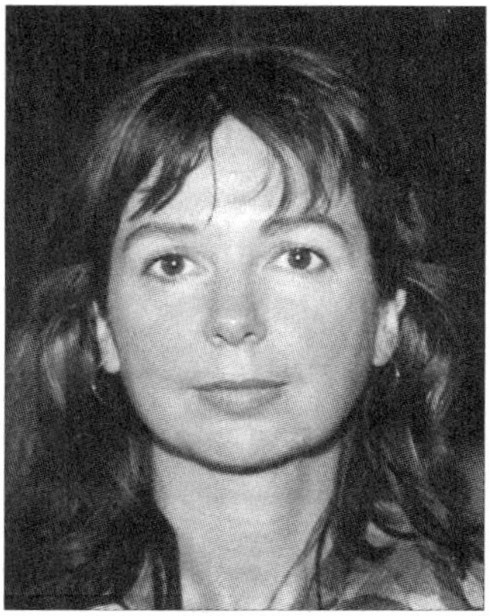

Foto: Anita Schiffer-Fuchs

Klima für Engel
Gedichte · dtv 11651

»Meine Großmutter ließ nichts verkommen«, schreibt Ulla Hahn. »Von ihr lernte ich, jeden scheinbar noch so wertlosen Gegenstand zu beachten, seine Schönheit zu erkennen, ihm Bedeutung zu verleihen, die mit seinem profanen Gebrauch nichts zu tun hatte. Von ihr lernte ich das Sammeln, das Finden. Von ihr lernte ich das Spielen. Ich lernte das Wundern. Die Freude, mich selbst zu überraschen. Lernte das Verwandeln der Wirklichkeit. Heute brauche ich dazu keine alten Knöpfe, keine Troddeln, Porzellanscherben, Splitter aus Glas, keine verbogenen Löffel, bartlosen Schlüssel mehr. Heute bin ich auf Wörter und Silben aus, steck sie zu mir mit der gleichen verschämten Kühnheit wie einen rotgeäderten Rheinkiesel als Kind, spreche ihnen Bedeutung zu im Gedicht, wundere und freue mich, wenn sie Funken schlagen und sprühen...«

Ein Mann im Haus
Roman · dtv 11895

»Dieses intime Panorama der Grausamkeit wird mit größtmöglicher sachlicher Finesse vor uns ausgebreitet. Ein Weib nimmt Rache, bringt sich in die Täterposition und spielt mit ihren verfeinerten Mitteln die ganze Gewalt und Grausamkeit des ›feindlichen Geschlechts‹ im engen Raum der Intimität, der ihr traditionellerweise vorbehalten ist, lustvoll durch...
Eine unbarmherzigere Geschichte gab es lange nicht zu lesen.«
(Hubert Winkels in ›Tempo‹)